KB154285

두려움 없이
시작하는
인생

두려움 없이 시작하는 인생

DISCOVERING YOURSELF

오리슨 S. 마든 지음 | 김연희 옮김

성공의 씨앗은

이미 당신의 내면에

잠자고 있다

이무리 퍼내도 마르지 않는

강한 신념과

'열의'가 이룩한 위업은

실로 위대하다

당신이

가장 잘하는 것,

가장 잘 어울리는 일이

무엇인지 자문하라!

그리고

그 가능성에

탐구하고

도전하라.

내 안의 의심을

털어내기 위해서는

눈앞의 계획을 일단

시작해야 한다.

모든 것이 그러하듯

시작이 반이다.

절실하고 절박할 때 의심과

결별을 해야 한다.

어디서든 어느 때이든

자신의

가능성을 시도해 봐라.

아무리 강한 바람이라도
순간적인 열정만으로는
꿈이 실현되지 않는다.

prologue

당신의 '바람'이 당신의 인생을 만든다

'멋진 인생을 살고 싶다.' '성공하고 싶다.' '이런 사람이 되고 싶다.' 고 하는 동경과 야망은 쟁취할 수 있는 상황이 바로 거기에 있다는 것을 나타내는 예언이자 징조이다. 이 세상을 만든 조물주는 인간이 쟁취할 수 있는 능력과 가능성이 없는 것을 바라게 하는 일은 절대로 하지 않는다. 타당한 바람에는 실제로 강력한 창조력이 잠재되어 있다.

인간의 가장 큰 단점은 '두려움'이다. 두려움만큼 인간을 망치고 불행과 불운으로 이끄는 것도 없다. 무언가 걱정을 하거나 두려워하게 되면 우리의 내면에서 악의 불덩이가 쌓이게 되고 생명의 원천에 영향을 끼쳐 능력을 잃게 된다. 반면에 두려움과 정반대되는 희망으로 가득 찬 낙천적인 마음을 품게 되면 자존심이 되살아나고 능력과 정신력이 고취된다.

몸속 세포가 피해를 받을지 은혜를 받을지, 죽음으로 내몰리게 될지 생명력으로 가득하게 될지는 머릿속에 떠오르는 생각에 달린 것이다. 머릿속으로 가장 많이 떠올리는 것, 끝없이 사랑하는 것, 이것이야말로 본인의 미래를 결정하게 된다.

우리의 몸은 생각, 기분, 신념이 눈에 보이지 않는 형태로 나타나는 것에 지나지 않는다. 생각, 기분, 감정은 '조각도' 인 것이다. 이처럼 눈에 보이지 않는 도구로 얼굴을 만들고 있다. 얼굴은 '자서전' 의 차례임과 동시에 내면에서 벌어지고 있는 것을 전시하는 '게시판' 이기도 하다.

마음 깊이, 혹은 무의식중에 자신은 평생 가난하게 사는 게 아닐까 걱정하는 한 풍요를 누릴 수는 없다. 가난이라는 신념을 품은 사람에게는 가난으로 이어지는 상황만이 전개되는 것은 당연한 일이다.

모든 일이 잘 풀리지 않는 것이 아니라 '잘 풀린다.' , 실패가 아니라 '성공한다.' , 불행해지는 것이 아니라 '행복해진다.' 고 마음속으로 기대감을 품고 있다면 당신 내면 깊숙이 잠재된 최고의 자질, 최고의 장점이 자연스럽게 겉으로 드러나게 된다.

우리는 이미 자신의 존재를 의심하며 생을 살고 있다. 그렇다고 희망마저 버린것은 아니다. 하루가 얼마나 소중하고 아름다운지는 얻고 잃고, 버리고 취하는 일상적인 흐름에서도 알 수 있다.

우리는 부잣집에 태어나지 않은 것에 기쁨을 만끽해야 한다. 이루려는 투지가 있고 지지 않으려는 자존심이 있다. 이미 이루어진 것에 편승해 힘을 과시하지 않아도 되고 자연스럽게 자신이 원하는 버킷리스트를 열어갈 수 있다.

이 세상에서 가장 행복한 사람보다도 더 행복해도 좋을 것이다. 우리의 인생은 지금과 비교할 수 없을 정도로 풍요를 누릴 수 있도록 만들어져 있기 때문이다.

–오리슨 S. 마든

contents

CHAPTER 2

인류 최대의 적 '의심'을 멀리하라

CHAPTER 3

강한 바람이 그것을 현실로 이끌어준다

CHAPTER 4

스스로 패자의 낙인을 찍어서는 안 된다

CHAPTER 5

'나는 이렇게 하고 싶다.' 라고 단언하라

CHAPTER 6

당신의 장점을 살릴 수 있는 일을 하라

CHAPTER 7

단 하나의 확실한 목표를 갖고 그것에 집중하라

CHAPTER 8

'신의 선택을 받은 편집광'이 되자

CHAPTER 9

'날림 일'로는 그 무엇도 얻을 수 없다

CHAPTER 10

도움이 없더라도 자신의 힘에 의지하여 전진하라

CHAPTER 11

당신의 내면 깊은 곳에 잠재된 가능성을 상기하라

CHAPTER 1

당장 승자가 아니더라도 승자처럼 행동하라

원하는 인물에 가까워지려면 그렇게 걷고, 말하고, 행동해야 한다. 거물이 된 것처럼 주변 사람들을 대하라.

표정과 행동에서 승자의 분위기를 띄워라. 빛나는 인생의 목표와 사명이 있는 것처럼 행동하고 전도가 유망한 듯 밝은 빛을 발산하라.

쉽게 말해 아직 이루지 못하였더라도 자신을 승자로 보여주는 것이다. 그러면 자신은 물론 모든 사람이 당신을 승자라고 믿어 의심치 않게 된다.

DISCOVERING YOURSELF

겉모습은 '쇼윈도' 승자의 모습으로 사람들 앞에 서라

겉모습과 행동이 '승자' 그 자체일 것. 이것이 성공의 첫걸음이다. 그러면 자신은 물론이고 모든 사람이 승자라고 믿어 의심치 않게 된다.

자신이 바라는 인물에 가까워지고 싶다면 그렇게 걷고, 말하고, 행동해야 한다. 거물이 된 것처럼 주변 사람들을 대하라.

표정과 행동에서 승자의 분위기를 띄워라. 빛나는 인생의 목표와 사명이 있는 것처럼 행동하고 전도가 유망한 듯 밝은 빛을 발산하라.

쉽게 말해 아직 이루지 못하였더라도 자신을 승자로 보여주는 것이다. 그러면 자신은 물론 모든 사람이 당신을 승자라고 믿어 의심치 않게 된다.

의심, 두려움, 실망, 자신감 부족이 겉으로 드러나면 나약한 겁쟁이라는 낙인이 찍히는 것은 물론이고 사고방식에도 영향을 끼쳐 자부심과 의욕을 잃게 되고 결과적으로 능력도 떨어지고 만다. 만나는 사람마다 그런 분위기를 느끼게 되어 당신을 인생이라는 게임의 패배자로 여기게 될 것이다.

패기가 없고 승자답지 않은 겉모습과 행동을 하는 사람과 함께하고 싶어 하는 사람은 없다. 일을 시켜 달라고 간청한들 누가 상대를 해주겠는가? 설령 오랫동안 실업상태라고 하더라도 승자의 모습과 자세를 버려서는 안 된다. 그렇지 않다면 아무리 일을 하고 싶더라도 쉽지 않다. 세상은 불만투성이에 우울한 표정을 하는 패배자에게는 관심이 없다. 그렇다고 거짓된 모습을 연출하여 남을 속여서도 안 된다. 두 번째, 세 번째의 자신이 아니라 최고의 자신을 끊임없이 전면에 내세우려고 노력해야 한다.

말, 겉모습, 행동을 보고 '문제아' 라는 낙인이 찍히지 않도록 허리를 곧게 펴고 당당하게 걷고 곁눈질을 해서는 안 된다. 가난해서 행색이 초라하다고 하더라도, 직업과 집은 물론 친구조차 없다고 하더라도 자존심과 자신감을 잃지 말고 험난한 가시밭길일지라도 승리를 향해 전진하고 있다는 태도를 보여야 한다. 스스로 생각할 수 있는 능력을 갖춘 최고의 마음가짐을 가지고 있다는 것을 강조하는 것이다.

겉모습은 자신이 보여주고자 하는 것을 전시하는 '진열장' 과 같은 것이다. 그곳에 무엇을 전시하는가에 따라 평가는 달라진다.

자신감 넘치는 당당한 태도는 당신을 성공자로 여기게 한다

업무를 앞에 두었을 때, 문제에 직면하였을 때, 어려운 일을 하고 있을 때 '승자처럼 과감하고 단호한 태도'를 취하고 있는지, '우물쭈물 불안한 태도'를 하고 있는지에 따라 인생은 성공이냐 실패로 갈리게 된다.

보스턴의 아테네움(Athenaeum) 도서관을 방문한 한 여성의 이야기가 이 사실을 잘 증명해 주고 있다. 회원제라는 사실을 알지 못했던 그녀는 당당하게 들어가 창가의 편안한 곳에 자리를 잡고 편지를 읽거나 쓰면서 아침 시간을 즐겁게 보냈다. 그리고 그날 밤 친구와 전화 통화 중 자연스럽게 아침에 도서관에서 보낸 이야기를 하게 되었다.

"뭐! 거기 회원이구나?"

친구는 깜짝 놀라며 말했다.

"아니, 회원 아닌데. 왜 그래?"

아테네움의 회원이었던 친구는 쓴웃음을 지었다.

"거긴 회원들만 들어가는 곳이야. 너처럼 회원이 아닌 사람은 이용할 수 없는 곳이야."

도서관에 간 그녀가 자유롭게 이용해도 좋을지 조금이라도 주저하였다면 그런 생각이 태도로 드러날 것이고 그런 행동을 깨달은 도서관 직원은 회원증 제시를 요구했을지도 모른다.

그러나 자신감이 넘치는 태도 때문에 그녀를 회원이라고 착각한 것이다. '승자의 자세' 덕분에 모든 일이 의외의 방향으로 전개되어 결코 바랄 수 없었던 일이 일어난 것이다.

겉모습은 물론 내면까지 '승자' 라는 역할에 빠져라

가는 곳이 어디든 당신을 만난 사람이 '승자의 모습이군. 뭐든 하기만 하면 다 해낼 수 있겠어.' 라고 생각해 준다면 더할 나위가 없다.

본인은 항상 운이 좋다고 믿고 있으면 그렇게 될 것이고, 운이 나쁘다고 생각하면 운은 당신을 피해갈 것이다. 실패와 가혹한 운명만을 탄식하고 있으면 실제로 운이 사라져버리게 되는 것이다. 신념과 의지가 만들어낸 생각은 그대로 창조력과 파괴력을 가지게 된다. 평소에 '이 아름다운 세상에 태어나 성공이 꿈이 아니라니 얼마나 축복받은 삶인가?' 라고 감사하는 마음을 잊지 않는다면 저절로 창조력이 생기게 된다.

이 세상에 자신이 존재하는 이유는 인생이라는 무대에서 큰 역할을 맡아 인류를 위해 공헌해야 하는 목적이 있기 때문이며 행동에서부터 그렇게 해야 한다.

만약 위대한 영웅을 연기하는 배우가 태도나 사고방식이 겁쟁이의 벽을 깨뜨리지 못한 채 그 역할을 해낼 자신이 없는 표정으로 이런 큰 역할은 처음이고 자신에게는 어울리지 않는다고 여기고 있다면 어떻게 될까? 당연히 그 무대는 실패할 것이다.

성공하고 싶다면 우선 겉모습은 물론 내면으로부터 그 역할에 빠져야 할 필요가 있다. 그것이 명배우일 것이다.

인생의 무대 또한 마찬가지다. 연기하는 역할이나 연기 방법에 따라 당신에 대한 평가가 결정된다. 성공하고 싶다면 역할에 어울리게 행동하고 말하고 생각하여 철저하게 '승자'를 연기해야 한다.

머릿속으로 생각한 그대로 실제로 일어난다

'대다수는 보잘것없는 일에 종사하고 성공하는 사람은 극히 일부이기 때문에 나는 승리를 쟁취할 리가 없다.' 고 불행만 한탄하고 있다면 절대 성공할 수 없다.

전도가 유망한 인물이 미래에 대한 불안을 호소하는 경우도 많다. 그런 말투는 미인이 자신이 추하다고 투덜거리거나 매우 건강한 사람이 몸이 약하다거나 병약하다고 말하는 것과 같아서 생각해볼 가치도 없다.

원래 '위를 지향' 하는 것이 인간의 자연스러운 모습이다. 우리의 영혼은 처음부터 전도유망한 미래의 빛을 발산하고 있어야 마땅하다. 어떤 상황에 놓여 있더라도 승리의 빛이 비치고 있지 않으면 안 된다. 지금부터 하려고 하는 일에 대한 굳은 믿음을 갖자.

인생에서 '승산이 없다.' 는 일은 절대 없다. 전략을 잘못 세우지 않은 이상 승리는 보상되어 있다. 패인이 있다면 그것은 바로 전투에 나선 본인이다. 패자의 가장 큰 문제점은 처음 시작이 잘못되었다는 것이다.

사고방식은 그 사람의 태도와 겉모습을 좌우한다. 머릿속으로 실패만 생각한다면 행동은 물론 겉모습도 실패한 인간처럼 변하게 된다. 시작부터 패배자의 낙인이 찍히는 것이다.

반면에 눈앞에 성공이 기다리고 있다고 생각하면 행동이나 겉모습 역시 성공한 사람의 그것이 되어 그 시점에서 성공한 사람의 대열에 설 수 있게 된다. 패배자의 자세를 한다면 '패자의 집단' 에, 승자의 자세를 한다면 '승자의 집단' 에 들어가는 것이다.

우리가 신념과 갈망과 기대, 아니면 의심과 두려움을 품는다면 그에 걸맞은 상황을 끌어들이게 된다. 이것은 심리적 법칙이다. 그러므로 '머릿속으로 무엇을 생각할 것인가.' 가 가장 중요하다.

자신감을 잃었을 때야말로 '승자의 자세' 가 당신을 인도한다

계획의 실패로 인해 실의에 빠졌거나 눈앞이 막막해질 때도 있겠지만 그래도 여전히 구원의 길은 남아 있다. 골이 보이거나 말거나 한눈을 팔지 않고 묵묵히 앞을 향해 달리면 된다. 역경을 이겨내는 길은 이것뿐이다. 방향을 바꿔 골인 지점에 등을 돌리면 결국 기다리는 것은 파멸뿐이다.

눈앞에 안개가 자욱하다고 하더라도 승자의 자세를 버리고 등을 돌리는 것은 짙은 안개 때문에 앞이 보이지 않는다는 이유로 배의 방향을 틀어버리는 선장과 같다.

배가 목적지에 도착하기 위해서는 밝은 날 뿐만이 아니라 안개와 어둠 속에서도 방향을 알려주는 나침반에 의지해야 한다. 앞이 보이지 않더라도 나침반이 길라잡이가 되어 준다. 우리에게 길라잡이가 되어 줄 수 있는 것은 바로 '승자의 자세' 이다. 그런 자세가 무너지지 않는다면 안전하게 목적했던 항구에 도착할 수 있다.

Example is leadership.

직접 보여주는 것이 리더십이다.

CHAPTER 2

인류 최대의 적 '의심'을 멀리하라

'의심' 때문에 활력과 야망이 무너지면 인간은 지력(知力)을 최대한으로 발휘할 수 없게 된다.
인간은 '습관의 노예'이다. 목표를 달성할 수 있는 능력을 의심하게 되면 습관적으로 자신은 할 수 없다고 생각하게 된다. 그렇다, 할 수 없다고 생각하면 불가능하게 되는 것이다.

DISCOVERING YOURSELF

같은 곳에서 낚시를 해도 10배의 차이가 나는 이유

이전에 나는 두 명의 남자와 자주 송어 낚시를 하곤 했다. 그중의 한 명은 입버릇처럼 이렇게 투덜거리곤 했다.

"난 항상 운이 없어. 낚시에 재능이 없나 봐. 많이 잡는 건 꿈같은 얘기야."

이렇게 자신감이 없는 태도로는 송어가 잡힐 리 없다. 송어의 습성에 대해 연구할 생각이 전혀 없는 그는 계곡이나 강 어느 곳에 낚싯줄을 던져야 하는지, 미끼는 뭐가 좋은지 전혀 모르고 있다.

반면에 한 명은 자신의 성공을 믿어 의심치 않고 눈앞에 송어가 있으면 반드시 낚을 수 있다는 확신이 있었다. 송어의 습성에 대해 몇 년 동안이나 연구한 그는 큰 바위의 어느 쪽에 낚싯줄을 던져야 하는지, 그리고 어떻게 던져야 송어를 유인해 낼 수 있을지를 잘 알고 있었다. 자신감이 없고 관심이 없는 사람과 같은 곳에서 낚시하여 10배의 조과를 올린 것이다.

신념이 좌우로 크게 흔들려 방법이 있어도 포기하고 마는 상태라면 성공의 길도 멀어지고 만다.

우리의 가장 큰 적은 외부의 적이 아니라 내부의 적이다. 각자의 마음 속에는 반역자가 숨은 채로 야망을 꺾어 목표를 포기하게 만들 기회를 호시탐탐 노리고 있다. 그 반역자가 바로 '의심' 이다.

중대한 기로에서 '의심'은 당신을 유혹한다

인생의 출발점에서는 마음의 적과 반역자가 항상 따라다닌다는 것을 각오하는 것이 좋다. 그중에서도 '의심'은 집요해 죽을 때까지 그림자처럼 따라다닌다. 친구의 탈을 쓴 이 비열한 반역자 때문에 수백만이 넘는 사람들이 진정한 능력을 발휘하지 못한다.

인간에게 '의심'만큼 큰 걸림돌은 없다. 인생의 기로에 서서 비교적 순탄하고 편한 길보다는 비록 험난할지라도 그 길이야말로 자신에게 어울리는 길이라고 각오하는 순간 '의심'이라는 벽에 부딪히게 된다. 이 벽은 잠시 멈춰 서서 생각해 보라고 유혹한다. 선택한 길이 얼마나 험난한지 다시 한 번 생각해 보고 그에 대한 대가를 정말로 감내해 낼 자신이 있는지, 다른 길이 훨씬 밝고 편안한 길인데 왜 굳이 험난한 길을 선택하려 하는지 곰곰이 검토해 보라고 유혹한다.

의심의 유혹을 이겨내지 못하는 사람에게는 이것이 바로 좌절의 시작점이다. 이 적의 속삭임으로 인해 우리의 마음은 순간적으로 흔들리게 되고 다시 한 번 앞날의 장애에 대해 생각하게 된다. 그러나 고민을 하면 할수록 장애는 점점 더 크게 느껴질 뿐이다. 왠지 불안감을 느끼기 시작하고 처음에는 할 수 있었던 것 같았던 것이 불가능할 것처럼 여겨져 그저 평범하고 무난한 길을 선택하고 만다.

'의심'은 셰익스피어조차 평범하게 만들어 버린다

마약이나 술의 희생양이 된 사람은 고작해야 얼마 되지 않는다. 그러나 인류의 무서운 적인 '의심'의 희생자 수는 그것과 비교할 수조차 없다. 만년 평사원이나 불만만 가득한 하급 노동자 등의 따분하고 큰 의미 없는 일을 하는 일터에서는 어디를 둘러보나 희생자들뿐이다. 이들은 모두 앞에서 말한 나쁜 습관 때문에 제일 중요한 인생의 출발점에서 주저앉아버린 것이다.

내면의 끔찍한 적이 없었다면 현재의 삶을 푸념하며 사는 종업원 중에 얼마나 많은 사람이 큰일을 할 수 있었겠는가? 사무직이나 회계 담당과 같은 평사원이 관리직이나 경영자가 되었을 가능성도 크다. 그렇다, 저 끔찍한 '반역자'의 유혹에 넘어가지만 않았다면 말이다.

'의심'의 희생자는 기회가 눈앞에 있어도 순간적으로 주춤거리며 확신이 설 때까지 감히 모험을 자초하려 하지 않는다. 기회라고 하는 연인은 용감하고 자신감이 넘치는 청혼자에게는 마음이 끌리지만, 겁이 많고 우유부단한 청혼자에게는 자신을 절대로 맡기지 않는다는 것을 깨닫지 못하고 있다. 힘들게 용기를 내어 인사를 하려는 사이에 용감한 청혼자가 옆에서 방해한다. 이 사실을 깨닫게 되면 이미 때는 늦었다.

'의심'은 교육을 받고 싶어 하는 가난한 청소년들에게 "자금도 도움도 없는 주제에 대학을 가겠다는 건 멍청한 짓이다."라고 속삭인다. 그 어떤 학교든 가난한 학생이 필사적으로 학비를 벌려고 노력한다고 하더라도 실제로 취학의 기회는 주어지지 않는 경우가 대부분이라고 말이다. 그리고 틀에 박힌 대사를 늘어놓는다. "게다가 주변에 널린 졸업생들이 눈에 불을 켜고 학비를 벌 기회를 찾고 있지만 모두 다 헛수고로 끝나고 말았다고."

어떤 일을 하려고 하든, 아무리 신규 사업 기획을 세우더라도, 아무리 혁신적인 계획을 세우더라도 반역자의 '의심'이 갑자기 나타나 가로막고 목표달성을 방해하기 위해 유혹한다.

"비슷한 일을 벌여서 실패하고 꿈을 접은 사람들이 산더미처럼 많다."

"무슨 일이든 신중해야 해. 이런 시기에 사업을 시작하는 건 바보짓이야. 자본금을 늘리고 모든 준비가 갖춰질 때까지 기다리는 게 좋아."

무엇을 계획하고 있던 상관이 없다. '의심'은 기다리고 있었다는 듯이 우리의 결심을 무너뜨리고 이런저런 수단으로 계획을 실행시키지 못하도록 초장에 기를 꺾어버리려 한다.

인간은 '의심' 때문에 활력과 야망이 시들어버리면 지력(知力)을 최대로 발휘할 수 없게 된다. 그렇게 되면 에디슨과 같은 발명가라 할지라도 무능한 인간으로 전락하고 만다. 최면술에 걸린 것처럼 자신의 능력에 대한 의심이 머릿속을 가득 메우게 되면 셰익스피어라도 자신을 바보라고 여길 것이고, 나폴레옹조차 천재성을 버리고 일개 병사로 전락하고 말 것이다.

Man is unhappy because he doesn' t know he' s happy. It' s only that.
사람이 불행한 것은 자신이 행복하다는 것을 모르기 때문이다. 단지 그 때문이다.

졸속이라도 우유부단하게 결정을 내리지 못하는 것보다 낫다

인류의 최대 반역자인 '두려움'과 '의심'을 형제 관계로 이 둘은 거의 구별이 불가능한 쌍둥이라 할 수 있다. '의심'이 발판을 놓으면 쌍둥이인 '두려움'이 고개를 내밀고, '두려움'은 다시 친척뻘쯤 되는 '걱정' '불안' '실망'을 동반한다. 이 모든 것은 '실패'의 일족이다. 몇 달을 고생하며 준비한 것도 의심, 두려움, 불신, 자기비하에 단 한 번의 공격만 받아도 순식간에 물거품으로 변하고 만다.

이 세상에 위업을 남긴 사람들은 반드시 그에 걸맞은 용기를 가지고 있다. '용기'는 내면 세계의 최고 리더이고, 가장 큰 적은 '의심'이다. 이제 남은 것은 용감하게 행동으로 옮기기만 하는 순간에 '신중'이 찬물을 뿌린다.

물론 신중함은 칭찬할 만한 것이지만 도가 지나치면 미덕이 아니라

악덕이 되어 온갖 숭고한 자질을 수포가 되게 할 가능성이 크다. 언뜻 보기에 용기가 있는 것처럼 보이는 사람이 너무 신중해서 확신을 갖지 못한 채 뒤로 물러서는 경우가 꽤 많다. 내가 아는 사람 중에서도 결심을 굳히고 진행하는 것이 좋다는 것을 알면서도 위험을 피하고자 때가 오기만을 기다리는 사람이 있다.

인간은 '습관의 노예' 이다. 그러므로 목표를 달성할 능력을 계속 의심하다 보면 습관적으로 할 수 없다는 생각이 자리 잡게 된다. '할 수 없다고 생각하는 것은 절대로 해낼 수 없다.' 는 걸 염두에 두기 바란다.

하는 것이 좋다는 것을 잘 알고 있으면서 쉽게 행동으로 옮기지 못하는 것은 왜일까? 무얼 두려워하고 있는 것일까? 해야 할 일을 계속 뒤로 미루는 것보다는 최선을 다해 도전하고 실패하는 것이 훨씬 바람직하다.

설마 실패하는 것이 싫고 실패를 해서 창피를 당하는 것이 두려운 것인가? 왜 의심에 발이 묶인 채 주저하고 있는가? 아니면 자신의 족쇄가 되는 불필요한 것에 매달린 채 무거운 짐을 짊어지고 있는 것은 아닌가?

가장 위험한 족쇄는 '성공을 의심하는 마음' 이다. 결단과 행동이 너무 빠르거나 능력 이상의 일을 하다 실패하는 것이 우물쭈물하며 확신이 설 때까지 하루하루 미루다 습관의 노예로 전락한 채 저주에서 벗어나지 못하는 것보다 몇 배는 낫다.

의심을 털어내기 위해서는 눈앞의 계획을 일단 시작해야 한다

하고자 하는 일이 무엇이든 간에 여러 방면에서 신중히 검토하고 이렇게 해야겠다고 결심했으면 두려움과 의심은 모두 머릿속에서 털어버려라.

계속해서 계획만 짜며 '다른 길이 있는 게 아닐까?' '다른 일을 하는 것이 좋았을지도 모른다.' 라는 식으로 뒤만 돌아보며 이런저런 생각에 빠지는 것은 그만두자. 오로지 전진만이 있다. 두려움은 금물이다.

계획을 진행하고 그것에 전념하게 되면 자존심이 생기게 된다. 그렇게 되면 성공한 것이나 마찬가지다. 온갖 역경이 닥쳐와 위험한 순간에도 성큼성큼 앞으로 전진할 수 있다.

결단을 내리고 한 걸음 내디딘 순간에 세상을 향해 이렇게 선언한 것이나 마찬가지이기 때문이다.

"해내겠다고 결심한 이상 뒤로 물러설 수 없다. 성공하고 말 테니 두고 봐라!"

그리고 다음과 같이 결심해 주기 바란다. 절대로 '의심'의 노예는 되지 않겠다. 아무리 힘든 역경이 기다리고 있다고 하더라도 자신이 가야 할 길을 가야 한다. 어떤 사람이나 대상이 그 길을 막아서더라도 꿈을 향해 전진하라.

역경을 이겨낸 자신감이 의심을 몰아낸다

원하는 길을 가는 동안에 '의심'이 끝없이 얼굴을 내밀 것이다. 의심은 가족과 친구가 그 길을 포기하도록 설득할 때 나타나기도 하고, 장애와 좌절을 당했을 때 나타날 수도 있다. 전자는 불행한 일이지만 후자는 당연한 일이다.

유니테리언주의(삼위일체론을 부정하고, 그리스도의 신성을 부정하며 신격의 단일성을 주장하는 기독교의 한 파)의 위대한 목사 윌리엄 채닝은 이렇게 말했다.

"어떤 일이든 상황에서든 역경과 장애는 있기 마련이다. 우리는 그것에게서 벗어나기 위해 풍파를 피할 수 있는 장소, 장애가 없는 순탄한 길, 격려해 줄 친구, 완벽한 성공을 갈망하지만 신은 오히려 우리가 세상 풍파와 불행을 겪으며 적의와 역경을 이겨내도록 하셨다.

원래 외부의 재난은 우리의 열정을 단련시키고 능력과 미덕을 더욱더 발휘시키기 위한 것이다. 때에 따라서는 새로운 능력을 만들어주기도 한다.

힘든 환경, 사람과 자연에 의한 방해, 예상치 못했던 시대의 변화 등의 역경으로 인해 의기소침해지는 것이 아니라 잠재된 재능에 눈을 뜨고 커다란 인생의 목표를 깨닫고 마음을 다지는 순간 과거와는 달리 빠른 속도로 자신을 연마하게 된다. 세상의 혼란을 이겨내지 못한다면 위대함의 빛도 없을 것이다."

이렇게 해서 탄생한 자신감과 신념이야말로 반역자인 '의심'을 끊어낼 강한 무기가 된다.

Learn from the mistakes of others. You can' t live long enough to make them all yourself.

타인의 실패에서 배워라. 당신은 모든 실패를 할 수 있을 만큼 오래 살 수 없다.

CHAPTER 3

절실히 바라면 현실이 된다

당신 주변에 가득한 기운에는 생각지도 못했던 잠재적 가능성이 넘치고 있다. 강하고 지속적인 마음이 그 기운에 닿으면 필요한 지혜가 그 속에서 솟아나 그것을 이용해 원하는 것을 구체화할 수 있다.

DISCOVERING YOURSELF

"나는 장래에 이 나라를 통치하겠다." 라고 쓴 12살 소년

조지 워싱턴은 불과 12살의 나이에 이런 편지를 썼다.

"나는 장래에 최고로 아름다운 여성과 결혼하고 이 나라 최고의 부자가 되겠습니다. 그리고 식민지의 육군을 통솔하여 나라를 세우고 내 손으로 직접 통치할 생각입니다."

이 소년이 훗날 이 엉뚱한 꿈을 실현했다는 것은 모두가 아는 사실이다.

고대 그리스는 미와 예술에 집중한 결과 신비로운 아름다움의 표본이자 예술의 최고 자리를 차지했고, 로마 제국은 권력에 집중하여 '세계 제패' 라는 명성을 얻게 되었다. 또한, 영국은 바다와 무역의 지배에 전력을 다한 덕분에 해상의 패권을 쥐고 세계 최대의 상업국가로 변신했다.

대상이 무엇이든 마음을 집중하면 그 집중력은 마치 전기처럼 강력한 힘을 발휘하여 목표실현에 다가갈 수 있다. 법률에 전념하고 있는 사람은 잠을 잘 때나 깨어 있을 때나 법률에 관한 것으로 머릿속이 가득하여 손에 잡히는 대로 법률 관련 서적을 읽고 기회가 될 때마다 재판장에 나서 재판을 방청한다. 그러다 보면 결국 법률가로 성장하는 것이다.

의학, 공학, 문학, 음악 등도 마찬가지다. 한 가지 것에 생각을 집중하는 사람, 꿈을 연상하며 마음속에 품고 있는 사람, 가는 길이 아무리 험난하다 할지라도 절대로 목표를 잃지 않는 사람. 이런 사람의 강한 바람은 반드시 통하게 되어 있다. 각각의 생각이 강력한 자석처럼 힘을 발휘하여 마음속으로 집중시켰던 것을 끌어들여 언젠가 반드시 꿈을 실현하게 해준다.

강한 바람이라도 순간적인 열정만으로는 꿈이 실현되지 않는다

그러나 어느 날 즉흥적으로 집중하는 일에는 아무리 그 생각이 강하더라도 열정이 점점 식게 마련이다. 노력도 하지 않고 꿈만 꾸고 있는 것은 체력의 낭비에 불과하다. 구체적이고 지속적인 노력이 있어야 비로소 마음속에 그리던 꿈을 실현할 수 있다.

워싱턴의 특허청에는 빛을 보지 못한 채 방치된 발명품들이 몇 천 건에 달한다. 이 모든 것들은 발명자의 바람이 지속하지 않아 완성에 이르지 못했기 때문이다. 모두 다 열정이 식어 노력을 포기하고 만 것이다. 꿈이 퇴색되어 더는 매력을 잃게 되자 실현할 기력이 떨어지고 만 것이다. 이렇게 산더미처럼 쌓인 '한 걸음만 더' 인 상태의 발명품은 다른 발명가가 다시 부족한 부분을 보충하여 원하던 형태로 완성해 왔다.

꿈을 실현하고 싶다면 다음 세 가지를 반드시 지키기 바란다.

· 꿈을 연상할 것.

· 그것에 끊임없이 집중할 것.

· 실현하기 위해 최선의 노력을 다할 것.

이 철칙을 지키는 데 필요한 것은 우리의 내면에 있다.

똑같이 가난한 집안에서 태어난 두 명의 소년 중 한 명은 교육 기회를 잡아 스스로 배워 지위와 권세를 누린 반면에 또 한 명의 소년은 이름조차 남기지 못하는 사람이 되었다. 그것은 모든 소년의 내면적 문제이다. 둘 다 비슷한 자질을 가지고 있었지만 한 명은 그것을 금으로, 나머지 한 명은 납덩어리로 바꾸고 있다.

선원 두 명이 똑같이 미풍 속에 배를 조종하여 서로 다른 곳을 향한다. 이때 도착하는 항구가 어디가 될지는 돛을 얼마나 팽팽하게 조정하는가에 달렸지 바람의 방향과는 관계가 없다.

당신 주변에 가득한 기운 속에 모든 꿈의 재료가 들어 있다

마음속에 품은 강한 바람에 꾸준히 집중한다면 눈에 보이지 않는 자력이 발생한다. 그것이 바라는 것과 걸맞은 현실을 끌어다 준다. 갈망하고 있는 것을 우주의 기운에서 끌어들여 구체화하고 바람에 걸맞은 형태로 만들어주는 이 힘이 무엇인지는 알 수 없다. 우리가 알 수 있는 것은 그 힘이 존재한다는 사실뿐이다.

우리 주변에 가득한 기운에는 상상을 초월한 잠재적 가능성이 넘쳐난다. 강하고 지속적인 마음이 기운에 닿게 되면 그 사람에게 필요한 지혜가 기운 속에서 솟아나 그것을 재료로 삼아 바라는 것이 구체적으로 변해간다.

인간이 달성한 위업은 모두 예외 없이 눈에 보이지 않는 세계로부터 도출되고 있다. '뇌', 다시 말해 '마음'이 그것으로부터 재료를 충분히 얻고 자유롭게 이용하여 달성자가 바라는 형태를 이루는 것이다.

큰 발견이나 발명 등, 인간을 동물의 영역으로부터 향상시킨 위대한 행위는 모두 그것을 끊임없이 생각하고 연상한 결실인 것이다. 위인들은 꿈을 포기하지 않고 소중하게 키운 결과 강력한 자석과 같은 존재가 되어 우주의 지혜를 끌어당겨 꿈을 실현시켰다.

사소한 착상을 계속 키워나갈 수 있는가

획기적인 발명 대부분은 작은 영감에서 출발한다.

재봉틀을 예를 들어보면 그 출발은 아주 사소한 영감에서 시작된 것으로 발명한 사람이 그것을 지속해서 생각하고 노력에 노력을 거듭한 끝에 현실이 된 것이다.

발명가 일라이어스 하우(Elias Howe)는 옷을 만들기 위해 밤늦게까지 바느질을 하는 아내를 보고 저렇게 단순하고 힘든 일을 계속할 필요가 있을까 생각했다. 아내의 바늘이 빠르게 움직이고 있는 모습을 지켜보던 중 한 가지 묘안이 떠올랐다. 오랜 시간을 투자해야 하는 바느질 작업도 기계를 이용한다면 지금보다 훨씬 쉽고 빠르게 될 것으로 생각한 것이다. 그는 줄곧 머릿속으로 곰곰이 생각하면서 이 힘든 작업으로부터 수백만 명의 여성을 해방해 줄 수 있다면 얼마나 좋을까 생각했다.

이윽고 조잡한 장치로 실험을 시작했지만, 가난한 주제에 꿈만 좇는 그를 보고 험담하기 좋아하는 친구들은 "바보 같은 짓으로 왜 시간을 낭비하느냐?"라고 수군거렸다. 그러나 꿈을 포기하지 않고 노력한 결과 그는 바느질이라는 힘든 노동에서 사람들을 구해줄 기계 '재봉틀'을 탄생시켰다.

그레이엄 벨이 전화에 대해 착안하게 된 것은 빈 깡통에 구멍을 뚫어 실을 팽팽하게 연결하면 목소리가 전달된다는 사실을 알게 되었을 때였다. 이 생각에 완전히 빠져버린 벨은 잠을 자는 시간을 아껴가며 발명에 몰두하였고 한때는 그로 인해 가난한 생활을 해야 했지만 결코 자신의 꿈을 포기하지 않고 공상 같았던 전화를 실현하고 말았다.

벨 교수가 발명에 몰두해 있을 당시, 나는 그와 가까운 곳에 살고 있었다. 가난에 찌든 모습을 자주 볼 수 있었고 친구들이 얼마나 많은 비난을 하였는지도 잘 알고 있다. 그러나 그는 꿈을 포기하지 않고 당당하게 전화를 발명해 냈다. 만일 그가 중간에 포기했다면 아마도 세상은 지금과 전혀 달라져 있을지도 모른다.

DISCOVERING YOURSELF

씨앗에는 싹을 틔울 힘이 잠재되어 있다

워싱턴, 링컨, 페러데이, 에디슨 등의 역사에 길이 남을 대활약 역시 꿈을 이루기 위한 피나는 노력이 필요했다. 1세기나 반세기 전, 아니 4반세기 전과 비교했을 때 기회가 10배로 늘어난 지금 가장 두려운 것은 기회가 없다는 것이 아니다. 꿈을 잃고 야망을 포기하는 것이다.

씨앗이 싹을 틔우고 이윽고 잎과 꽃이 피어나 다시 꽃에서 열매가 맺힌다. 이 이면에서 작용하고 있는 힘에 대해서는 아무도 의심을 하지 않는다. 눈에는 보이지 않고 오감으로만 느낄 수 있지만 실제로 눈에 보이는 그 어떤 것보다도 강력하다는 것을 알고 있다.

인력(引力: 공간적으로 떨어져 있고 물체끼리 끌어당기는 힘) 또한 시각과 청각과 촉각으로는 확인할 수 없다. 그러나 지구가 균형을 유지한 채 우주공간을 질주하며 100년에 0.1초의 오차도 없이 궤도를 운행하는 것을 지배하는 힘을 믿지 않는 사람이 과연 있을까?

또한, 강력한 전기의 힘이 눈과 귀와 코로 확인할 수 없다고 해서 그 존재를 의심하는 사람은 아무도 없다.

실현하고자 하는 노력의 도움을 받은 갈망과 영혼이 외치는 힘은 자연의 여신의 실험실과 마찬가지로 눈에 보이지는 않지만, 틀림없이 존재하고 있다.

'지금 당장 꿈을 달성할 수 있는 수단이 보이지 않으니 앞으로 길이 열리지 않을 것이다.' 라는 잘못된 생각은 품지 말자. 어떤 일이나 행위에 뜨거운 열정을 품고 있다는 것 자체가, 그에 걸맞은 재능이 있고 그 재능은 목적이 있기에 주어진 것이라는 것을 여실히 증명해주고 있다.

갈망은 위업 달성을 위한 작은 전조이다. 이 씨앗을 노력하여 키워낸다면 이윽고 싹을 틔울 날이 올 것이다. 그러나 씨앗을 뿌리고 포기해 버리는 것은 농부가 밭을 정비하지 않은 채 씨앗을 뿌린 채 잡초도 뽑지 않고 게으름을 피우는 것과 마찬가지로 큰 수확은 바랄 수 없다. 실천과 이상이 어우러져야 씨앗이 결실을 볼 수 있다.

거친 잡초를 이겨내고 머리를 내민 새싹은 이전보다 훨씬 강하다

우리는 곤경에 처하게 되면 꿈을 향해 뻗었던 손길을 주저하게 된다. 운명의 놀림감이 되어 꿈이 결실을 보지 못한 채 퇴짜를 맞는 것이 아닐지 걱정하며 초조해 한다.

그러나 씨앗은 매우 소중하게 보호하고 키워야 싹을 틔운다. 섬세한 싹이 거친 잡초를 이겨내고 땅 위로 얼굴을 내밀 때까지는 태양과 공기가 몇 주, 혹은 몇 달 동안을 거쳐 정교하게 불러낸다. 만약 싹이 땅 위로 나가기를 주저하며 이렇게 말한다면 어떨까?

"이렇게 어두운 땅을 빠져나가는 건 무리야. 여긴 빛이 전혀 없고 나 같은 연약한 싹은 약한 힘만으로도 뭉개지고 말 거야. 유폐된 몸에서 벗어나는 길은 단 하나, 거친 잡초를 이겨내야 하지만 그러기 위해서는 많은 힘이 필요해서 중간에 뭉개지고 말 거야."

그렇지만 태양의 달콤한 유혹에 싹은 힘겹게 꿈틀거리고 이윽고 성장을 위한 모든 적을 물리치고 연약한 머리를 땅 위로 내민다. 그리고 싹의 미래를 막을 것만 같았던 사악한 잡초가 오히려 도움되고, 거기에 죽을 고생을 하며 땅 위로 머리를 내밀며 섬유 조직이 강화되면서 폭풍우 등의 피할 수 없는 자연의 힘에 맞설 태세를 갖춘다.

이 연약한 식물처럼 극복할 수 없을 것 같았던 장벽에 둘러싸여 가혹한 환경인 '잡초'에 가로막혀 한 줄기 빛조차 보이지 않는 사람이라도 꿈을 품고 앞으로 계속 전진하기 바란다. 고생이 거듭되면서 강해져 햇빛과 공기, 그리고 성장으로 가는 길을 찾게 될 것이다.

어떤 이는 원하지 않던 일로 세월을 보내고 있어서는 더는 향상이 없다고 풀이 죽은 채로 포기하려고 하고 있을지도 모른다. 그러나 지금 중요한 것은 꿈을 포기하지 않고 그것이 실현될 것이라고 믿는 것이다. 자신도 모르는 사이 '잡초'를 이겨낼 가능성도 없지는 않다. 그대로 전진하면 계절과 관계없이 햇빛과 공기, 더 나가서는 자유를 얻을 수 있게 될 것이다.

DISCOVERING YOURSELF

굶어 죽을 것 같은 순간에도 꿈을 추구할 수 있는가

인생에서 무엇을 얻을 수 있을지는 한마디로 꿈을 얼마나 믿고 있는가에 달려 있다. 그에 어울리는 능력이 틀림없이 있고 이기주의나 쓸데없는 허영심과 자만심과 같은 착각을 하고 있지 않은 한 불운, 계획의 실패, 방해, 장애 등 세상의 그 어떤 것도 우리의 꿈을 끊을 수 없다.

지금 당신의 꿈에 대한 바람은 어느 정도인가? 죽음 이외에 그 힘을 흔들 수 없을 만큼 굳게 마음을 먹고 있는가? 아니면 너무나 나약해 마음이 맥없이 풀어질 것 같은가?

낙담이 계속되면 어쩔 수 없이 인생의 꿈을 버리고 자신이 정한 기준을 낮추고 만다. 큰 위험을 당하거나 우울한 일이 생기고 경제적으로 핍박을 당할 때는 꿈이 점점 퇴색되기에 십상이지만 그럴 때일수록 얼마나 바람이 강한지 시험 된다. 과연 장애를 극복하고 목표를 관철할 수 있을까?

승자의 요소를 갖춘 사람은 굶어 죽을 것 같은 순간에도 결코 꿈을 포기하지 않는다. 자신의 꿈을 현실화시키기 위해서는 폭풍우나 중압감 속에서, 그리고 어떤 장애나 방해가 있다고 하더라도 끝까지 해내야만 한다고 마음속으로 결심하고 있기 때문이다.

장애와 불운과 실패가 있다고 하더라도 사명과 바라는 꿈을 믿는 마음은 주변 사람들이나 계속되는 불행 따위에 무너져서는 안 된다. 추구하는 목표가 사실과 모순된다고 할지라도 상관없다. 반대와 비난에 굴복하지 말고 꿈을 끝까지 관철하자.

"어쩌면 바라는 목표를 이루지 못할지도 몰라."

이런 생각은 확실하게 버려라. 목표를 정했으면 한눈을 팔지 말자. 야망이 무엇이든 굳게 그것만 바라보자. 패배를 인정하지 않겠다고 마음을 굳히면 이러한 불굴의 자세가 상상을 초월하는 자력을 만들어 낸다. 끝까지 관철할 기력과 체력이 있고 꿈을 이루겠다는 철석같은 믿음을 지닌 사람에게는 그 노력의 대가로 승리가 주어진다.

CHAPTER 4

스스로 패자의 낙인을 찍어서는 안 된다

열등감이 각인돼 버리면 야망이 무너져 인생의 발길이 멈추게 되어 실패와 불행을 당하기 쉬워진다.
남들이 뭐라 하든, 어떻게 생각하든 간에 항상 자신의 능력을 믿고 높은 이상을 품어 '목표를 달성하지 못하는 것이 아닐까?' 라는 식으로 절대 불안해하지 말자.
결코 열등할 까닭이 없다. 인간은 모두 하느님과 닮은 모습으로 만들어졌기 때문이다.

DISCOVERING YOURSELF

열등한 인간이라고 착각하게 만드는 가혹한 낙인

먼 옛날에는 범죄자나 도망자, 노예에게 낙인을 찍었다. '나는 도망자입니다.' '나는 도둑입니다.'와 같이 각각의 범죄나 열등감을 표시하는 문자를 뜨겁게 달궈 몸에 새기는 것이다.

고대 로마에서는 도둑의 이마에 굴욕적인 문자를 찍었고 광산 노동자, 죄수, 검투사도 똑같은 취급을 당했다. 고대 그리스에서는 주인이 가장 좋아하는 시 한 구절을 선택해 노예에게 낙인으로 찍었고, 프랑스 노예나 범죄자에게는 왕족의 문장을 사용하는 경우가 많았다. 영국은 탈영병에게 알파벳 D를, 부랑자, 도둑, 난폭자에게는 각각 불명예를 세상에 알리는 방법으로 낙인을 찍었다.

인간에게 범죄와 열등감의 낙인을 찍는 야만적인 습관이 유럽에서 폐지된 뒤에도 미국에서는 계속 이어졌다. 식민지 시대에 도덕적으로 엄격한 청교도 사회에서 죄를 저지르면 어떻게 되는지 그 모습을 생생하게 그려낸 호손의 『주홍글씨』에서는 비극의 주인공 헤스터 프린이 평생 죄를 잊지 않도록 옷에 새겨 넣은 주홍글씨로 만나는 모든 사람에게 자신의 불명예를 알려야 했다.

현대사회에서도 여전히 열등감의 낙인이 찍히고 있다

현대인에게는 인간에게 평생 씻을 수 없는 불명예나 열등감의 낙인을 찍는다는 것을 생각하는 것만으로도 끔찍한 일이지만 우리는 여전히 아무렇지 않게 사회적 추방을 의미하는 『주홍글씨』의 낙인을 찍고 있다. 일부 교도소에서 범죄자나 사회의 추방자라는 것을 암시하는 황색 죄수복을 입히는 것이 좋은 예이다.

인간에게는 조물주로부터 물려받은 불가침의 권리가 있다. 인간 사회에서의 동료, 법률, 권위 등 이 모든 것을 빼앗을 수는 없다. 사회에 대하여 어떤 죄를 저지른 사람이라 할지라도 그 범죄자를 인간 이하로 추락시키거나 스스로 불명예와 열등감을 끊임없이 주입해 인간으로서의 체면을 구기는 일은 없어야 한다. 또한, 자신이 고용한 사람이라 할지라도 열등하다는 낙인을 찍을 자격은 누구에게도 없으며 인간의 잠재의식 속에 열등감을 반복적으로 주입해서도 안 된다.

가장 무례한 것은 "나는 쓰레기다. 가능성이 전혀 없어 제대로 된 인간이 될 수 없다."라고 상대에게 주입시키는 것이다.

열등감이 주입되면 야망이 꺾여 삶을 포기하게 돼 실패와 불행을 초래하게 된다. 실제로 남보다 뒤떨어지지 않는다고 하더라도 잠재의식 속에서 반복적으로 주입되는 사이 자신도 모르게 그것을 진실로 받아들이게 된다.

열등감은 뛰어난 재능을 허사로 만든다

열등감의 낙인이라는 재난은 본인을 망가뜨리는 것은 물론이고 자칫 하다가는 죄가 없는 데도 죄를 지은 것처럼 착각하게 한다.

프랑스 육군의 알프레드 드레퓌스 대위도 반유대주의자들의 음모로 반역죄라는 유죄판결을 받았을 때 겉모습은 마치 범죄자와도 같았다. 파리 광장의 구경꾼들 앞에서 육군 장교가 계급장을 시작으로 군복 견장과 단추가 떨어져 나가고 칼을 부러뜨리는 광경은 본인이 누명을 쓰고 있다는 것을 잘 알고 있음에도 불구하고 정말로 반역자처럼 보였다.

일부 친한 친구를 제외하고는 이 치욕적인 장면을 구경하던 군중들은 모두 그런 모습을 통해 대위가 유죄라고 확신하였다. 쉽게 말하자면 불쌍한 드레퓌스의 뇌는 무선 기지국이 되어 귀중한 군사비밀을 독일에 팔아넘긴 파렴치한 반역자라 여기는 수많은 군중의 증오와 경멸의 수신국이 되고 있었다.

젊은 종업원의 대다수, 그중에서도 쉽게 상처를 받는 사람은 잔소리가 심하고 트집 잡기를 좋아하는 고용주 때문에 심각한 상처를 입는다. 그들은 어떤 상황에서든 종업원의 사소한 실수를 찾아내면 당장에 꾸짖지만, 칭찬이나 격려를 하는 일은 결코 없다. 종업원이 아무리 성실하게 일을 하고 칭찬받아 마땅한 상황이라도 말이다.

열정은 성공의 가장 중요한 요소이다. 그런데도 "무슨 일을 그렇게 하나?" "이건 말도 안 돼" "창피한 줄 알아" "이따위로 일할 거면 당장에 때려치워"라는 식으로 온종일 꾸중을 듣는다면 일에 대한 열정도 자부심도 사라진다. 이런 식으로 트집을 잡거나 열등감을 주입해 많은 사람의 인생을 엉망으로 만들었다.

젊은 작가의 경우에도 처녀작에 대한 혹독한 서평을 듣거나, 편집자로부터 "작가가 될 그릇이 아니다."라는 조롱을 듣고 원고를 되돌려받으면 출발점부터 심각한 마음의 상처를 입게 된다. 실제로 신랄한 평론가나 편집자의 말 때문에 재능을 포기하는 젊은이들이 많다. 더는 모욕적인 비판을 받으며 아둔한 바보라는 소리를 듣고 싶지 않기 때문에 조금만 격려해 주었다면 걸작을 써낼 수 있는 재능이 있는 사람이 작가의 길을 일찌감치 포기해 버리는 것이다.

원래는 뛰어난 재능을 가진 사람이더라도 쉽게 상처를 받는 성격이라면 이렇게 거절을 당하는 순간 마음이 위축되어 마음을 다잡고 다시 한 번 도전하겠다는 생각이 들지 않는다.

그렇다면 어떻게 해야 증오와 경멸에서 벗어날 수 있을까? 힘들더라도 자신만의 재능을 키워나가는 것이 중요하며 누가 뭐래해도 '끈기' 이다. 이것이 없다면 힘들게 쌓은 장점을 살릴 수가 없고 그저 이상한 사람 취급을 당하기 일쑤다. 황당한 생각에 쏟는 열정도 실용성을 목표로 삼는다면 반드시 성공한다. 가장 중요한 것은 끈기이다.

If one advances confidently in the direction of his dreams, and endeavors to live the life which he has imagined, he will meet with a success unexpected in common hours.

자신의 꿈을 향해 확신을 가지고 전진하고, 자신이 바라는 삶을 살기 위해 노력한다면 분명 생각지도 못했던 성공과 만나게 될 것이다.

계급제도는 열등감의 온상이 된다

열등감을 주입하는 것만큼 능력발휘에 걸림돌이 되는 것이 없다. 오랜 역사를 가진 나라(중국, 독일, 그리고 영국을 필두로 유럽 국가들)에서는 '계급' 이라는 형태로 가늠하기 어려울 만큼 악영향을 끼쳐왔다. '하인은 대대손손 하인' 이라는 식으로 자랐기 때문에 인재들이 하인의 신분에 만족해야 했다.

매우 뛰어난 두뇌와 개성을 가진 사람이 유럽의 호텔, 레스토랑, 가정에 만족하고 있는가? 때로는 경영자보다도 우수한 경우도 있다. '부모의 뒤를 이어야 한다.' 라는 생각이 각인되어 주인보다 훨씬 천부적인 재능을 타고났지만 웨이터, 웨이트리스, 집사, 하인, 정원사와 같은 낮은 신분의 일에 만족하고 있다.

아무리 재능이 뛰어나더라도 '선천적으로 타고난 신분이 평생을 결정한다.' 는 사고가 수 세대에 걸쳐 뿌리 깊게 뻗어 있어 세습과 계급제도 등 시대에 뒤처진 봉건제도의 벽을 뛰어넘을 수 없다고 여기고 있다.

특유의 유머감각을 가진 극작가 제임스 배리는 이러한 늙은 세대를 희극 『훌륭한 크라이턴』에서 재미있게 풍자하고 있다. 그는 뛰어난 솜씨로 최악의 비상사태에서 태어났지만, 리더십을 발휘하여 주인인 백작보다 훨씬 뛰어난 모습을 보여주는 수완이 좋은 집사 크라이턴의 모습을 그려냈다.

주인 일가와 크라이턴 등의 하인을 태운 요트가 난파를 당해 구사일생으로 무인도에 표류한다. 절망적인 상황에서 계급의 벽이 허물어지고 주종관계가 역전된다. 세습된 계급과 재산이 사람의 신분을 결정한다는 인위적 환경이 사라지자 자연의 여신의 뜻대로 전원의 암묵적 동의에 의해 크라이턴이 리더가 된다. 천부적인 재능을 발휘하여 사람들을 리드해 가는 크라이턴. 그의 명령에 전원이 절대복종했다. 그러나 우연히 지나가던 배의 도움으로 영국으로 돌아오자마자 다시 원래의 상태로 돌아가고 말았다. 크라이턴은 아무런 불평도 하지 않고 이전의 집사로 돌아갔고 모든 것이 옛날 그대로였다.

다른 나라의 속물적인 계급차별을 조롱하며 엄하게 비평하는 미국인들도 별반 다르지 않은 속물적 근성을 가지고 있다. 이 나라의 일원인 흑인에 대한 태도가 바로 그것이다. 아무리 학력이 높고 유능한 데다가 품격과 매력을 갖춘 사람이라 할지라도 흑인 피를 한 방울이라도 물려받으면 열등한 인종이라는 낙인이 찍힌다.

인종차별로 심한 고통을 겪고 있을 흑인들에게는 동정을 금할 수가 없다. 백인은 그들을 심하게 배척해 왔다. 한때, 남부에서는 흑인이 백인과 같은 열차를 타는 것이 용납되지 않으며 다른 지역에서도 일반 객차는 괜찮지만, 개별 침대칸이 있는 특별열차에는 웨이터나 급사 이외에는 탈 수가 없었다. 국내 호텔, 사립학교, 공공장소, 그리고 대다수 교회에서 이러한 차별이 벌어지고 있다.

그 때문에 모든 인간은 태어나면서부터 자유와 평등한 존재라고 주장하는 우리나라에서 흑인은 어딜 가나 부당한 대우를 받거나 곤란을 겪어야 한다. 선천적으로 자신들이 뛰어나다고 생각하는 백인은 온갖 수단을 동원하여 흑인들에게 끊임없이 굴욕을 주고 열등한 인종이라는 것을 주입하려 한다. 그렇게 열등감을 주입한 탓에 흑인은 쉽게 걸음을 떼지 못하고 있다. 사실 여부와 상관없이 열등하다는 의식이 강하게 주입된 탓에 자신들을 내려다보는 자들과 대등한 존재가 되고자 하는 의욕을 잃고 만다.

천박한 환경은 열등감을 심어 준다

자신에 대한 세상의 평가에 현혹되면 안 된다는 것은 무리이며 평가를 들으면 어쩔 수 없이 그것을 통해 자신과 재능이 높은지 낮은지를 판단하게 된다.

환경 또한 마찬가지다. 우리는 무의식중에 주변 환경의 우열에 영향을 받는다.

싸구려의 초라한 가게나 공장에서 일하는 노동자는 언젠가 '열등', 쉽게 말해 매일 생활하는 직장의 싸구려 스타일에 완전히 물들고 만다.

티파니나 올트먼과 같은 고급 매장에서 일하는 사람은 뉴욕의 싸구려 가게 점원들 속에 섞여 있다고 하더라도 쉽게 구분이 될 것이다. 인생의 최고 절정기에 싸구려 물건을 팔며 보내다 보면 판매원 또한, 영향을 받기 마련이다. 아무리 발버둥 치더라도 자신도 모르는 사이에 '업무의

질' 과 '직장의 질' 에 물들어가는 것이다.

그러므로 인생의 선택에서 의욕을 저하하는 일은 가까이해서는 안 된다. 열등감에 빠져 인생의 가능성을 포기해서는 안 된다. 환경은 삶의 방식까지 좌우한다.

야심이 없는 무기력한 사람들이나 품행이 단정하지 못하고 이상이 낮은 사람들과 상대하다 보면 자신도 모르게 그런 성질이 물들게 된다. 저속하고 부적절한 말을 쓰는 사람, 예의나 말투가 거친 사람, 이런 사람들과 자주 접촉하게 되면 그들의 그런 언행을 자신도 모르는 사이에 쓰게 된다.

우리는 모두 살아있는 '감광판' 이다. 그 위에 본보기가 되는 것, 타인의 생각이나 암시, 자기 생각이나 습관, 교우관계와 환경이 또렷하게 각인되어 간다.

'내가 열등할 리가 없다.' 는 생각을 품어라

출세하고 싶다면 다음과 같은 생각을 가슴에 새겨두길 바란다. 열등감을 품은 채 자신을 과소평가한다면 아무리 출세를 하고 싶어도 불가능하다. 열등감은 모든 기준을 끌어내려 남들보다 낮은 성과밖에 거둘 수 없게 만든다.

열등감이 자리를 잡으려 하면 행복의 최대 적이라 여기고 머릿속에서 당장 훌훌 털어버려라. 절대로 가까이해서는 안 된다.

사람은 누구나 할 수 있다고 여기는 것밖에 할 수 없다. 스스로 천박하고 명예롭지 못한 이미지를 품은 채 선천적인 능력을 의심한다면 결코 능력을 발휘할 수 없다. 이런 생각을 품고 있으면 목표를 달성하기 위한 힘에 다가갈 수 없다.

머릿속으로 능력이 부족하다고 생각하는 것만으로도 큰 영향을 끼쳐 주변 사람들이 민감하게 그것을 인지하고 그렇게 바라보게 되어 목표달성을 위한 바탕이 되는 자신감이 점점 시들고 만다.

인간은 누가 뭐라고 하든 어떻게 생각하든 간에 항상 자신의 능력을 믿고 높은 이상을 품어야 하며, 결코 '목표를 달성하지 못하는 것이 아닐까?' 하며 불안해해서는 안 된다. 절대로 열등할 리가 없다. 인간은 누구나 하느님의 모습과 닮게 만들어졌다. 하느님의 계획 속에 포함된 이상 '인생' 의 최고 걸작을 만들어 내는 것도 결코 꿈은 아니다.

CHAPTER 5

'나는 이렇게 하고 싶다.' 라고 단언하라

행복하고 성공한 인생을 영위하기 위한 첫걸음은 "최고의 상황이 내게 일어날 것이다. 인생의 모든 일은 내게 플러스가 되는 일들뿐이다."라고 단언하는 습관을 익혀야 한다. 무언가를 달성한 위인들에게는 이렇게 단호한 태도를 엿볼 수 있다. 힘찬 마음과 말투로 도전을 멈추지 않는다면 최후에는 응당 성공이라는 결과를 얻게 되는 것이다.

"바라는 것을 반드시 거머쥘 것이다."라고 단언하는 사이 꿈이 현실로 이루어진다. 이것이야말로 창조의 기본 법칙이다.

DISCOVERING YOURSELF

성경에는 확신에 찬 단언만이 있을 뿐이다

마음속으로 생각하고 있는 것 이상으로 자신의 능력을 끌어내는 것은 불가능하다. 큰일을 해내고 싶다면 그것을 강하게 추구해야 한다. 일이나 인생에 대하여 호방한 자세로 접근하는 것이 열등하고 작은 것만을 기대하는 것보다는 훨씬 훌륭한 성과를 거둘 수 있다.

그러므로 성공하고 싶다면 확신을 하고 "나는 이렇게 하고 싶다."고 주장할 수 있어야 한다. 중요한 것은 적극적인 자세다.

적극적인 사람은 자신감이 넘치고 강력하다. 남의 힘을 빌리지 않고 의견을 정리해 당당한 태도로 주장한다. 결코, 의견의 대립을 용납하지 않는다. 상대에 따라 의견이 바뀌고 생각하는 우유부단한 사람이 아니라 두려움 없이 적극적으로 자기주장을 한다.

성경이 권위에 의지해 내용을 입증하거나 교리를 증명하려고 했다면 우리의 삶 속에서 이렇게 폭넓게 퍼질 수 없었을 것이다. 성경의 어디를 보더라도 소극적이고 우유부단한 내용은 찾아볼 수 없다. 모든 내용이 한 발도 물러섬이 없이 당당한 필체로 적혀 있으며 위대한 기본적 사실, 다시 말해 '진리'를 읽는 사람이 이해할 수 있을 때까지 반복해서 역설하고 있다. 성서의 말투는 확신과 위엄이 넘치며 결코 논의나 부탁의 느낌을 전혀 주지 않는다. 딱 잘라 단언하고 있다.

등을 떠밀려 언덕을 내려갈 것인가, 스스로 언덕을 올라갈 것인가

위업을 달성한 위인들에게서도 이렇게 단호한 태도를 엿볼 수 있다. 강력한 마음가짐과 말로 계속 도전하여 최후에는 당연한 결과로 성공을 거두었다. 강력하게 "나는 이렇게 하고 싶다."고 주장할 수 있는 적극적인 사람인지, 그러지 못하는 소극적인 사람인지로 성공과 실패가 좌우된다.

전자는 "나는 할 수 있다.", 후자는 "나는 할 수 없다."로 각자 인생의 초점을 맞추고 있다. 환경, 재능, 기회에 제약이 없다고 생각하는 것이 적극적인 사람들의 사고방식이다. 자신의 주변에 무한한 은혜로 넘치고 있어 하려고 마음만 먹는다면 원하는 것을 내 것으로 만들 수 있다고 믿는 것은 물론이고 그렇게 될 수 있다는 것을 충분히 알고 있다.

반면에 소극적인 사람은 환경과 싸우기도 전에 백기를 들고 만다. 그들의 눈에는 주변의 제약과 고난들만이 들어오고 그 모든 것은 넘을 수 없는 장벽으로 비친다.

인류에게 적극성과 단호하게 앞으로 나아갈 힘이 없었다면 아직도 동굴에 살면서 날것을 먹고 있을지도 모른다.

장애를 극복하는 것은 언제나 적극적이고 기운이 넘치는 사람이다. 그런 사람은 장애를 문제 삼지 않고 목표를 향해 전진한다. 그들에게 있어 장애는 운동도구에 불과하다. 장애를 통해 체력을 단련하고 목표달성에 대한 의지를 키워가는 것이다.

누구나 자기 자신의 인생을 이끌고 지휘할 만큼 적극적인 힘을 가지고 있다. 그러나 그 힘을 사용하고 단련하지 않는다면 아무 의미도 없다. 쓰지 않으면 사라질 뿐이다. 스스로 생각하고 행동하고 주장할 것은 주장하며 자신의 길을 추진해야 한다. 그렇지 않다면 주변의 힘에 밀리고 억눌려 전진은 불가능해질 것이다.

이 세상은 스스로 전진할 것인지, 아니면 등을 떠밀려 억지로 할 것인지 둘 중의 하나다. 등을 떠밀리는 순간 내리막길을 가야 하지만 스스로 전진한다면 언덕을 오르게 될 것이다.

소극적인 마음을 털어내는 심리적 법칙

우리는 겁이 많거나 결과가 너무 두려운 나머지 정말로 하고 싶은 일을 하려 하지 않는다. 그리고 지나치게 자기보호 본능에 사로잡혀 감정의 물결에 휩쓸리고 만다.

그러나 적극성을 연마하면 소극성은 사라진다. 쉽게 말하자면 심리적인 법칙으로 'A를 채우면 B가 사라진다.'는 원칙이다.

철학자이자 심리학자인 윌리엄 제임스는 이렇게 말했다.

"열정은 내면에 감춰져 있으면 이윽고 시들어버린다.

분노가 폭발하기 직전에 10초를 세면 자신도 모르게 저절로 어리석다는 생각이 든다. '휘파람을 불어 마음을 고취한다.'고 하는 것은 마음을 안정시키기 위한 것이 아니다. 진종일 따분한 표정으로 앉아 누군가 물어올 때마다 한숨 섞인 어두운 목소리로 대답한다면 절대로 우울한 기분은 사라지지 않는다.

경험해본 사람이라면 잘 알겠지만 도덕 교육에서 이 이상 중요한 가르침은 없다. 자기 자신의 좋지 않은 감정의 경향을 극복하고 싶다면 일단 그것과 반대되는 감정과 표정을 하나씩 사무적으로 해보면 좋을 것이다. 평정심을 되찾은 얼굴에 반짝이는 눈빛으로 등을 곧게 펴고 밝은 목소리로 상냥하게 대답해 본다. 이것만으로도 마음이 조금씩 밝아지기 시작한다."

일단 단언하고
곧이어 행동으로 옮겨라

자신이 원하는 상황을 끊임없이 간절하게 단언하는 것이 얼마나 효과적인지 사람 대부분이 깨닫지 못하고 있다. 또한, 장래에 그렇게 되고 싶다는 남성상이나 여성상, 혹은 달성하고자 마음속으로 결정한 것들을 연상한다. 이것이 가능해진다면 호랑이에게 날개가 달린 격이다. 마치 거물이 된 듯이 행동하며 "반드시 원하는 것을 얻고야 말겠다."고 단언하는 사이 꿈이 현실로 이루어진다. 이것이야말로 창조의 기본 법칙이다.

단언하였으면 행동으로 옮겨라. 그러지 않으면 한 걸음도 전진할 수 없다. 단언과 결의만 하고 곧바로 행동으로 옮기지 않는 것은 백해무익한 일이다. 절대로 패배를 인정하지 말고 최종적으로 승리를 거머쥐는 것은 행동하는 것, 그것도 계속 반복해서 행동하는 사람의 것이다.

Success is most often achieved by those who don’ t know that failure is inevitable.

성공은 대부분의 경우 실패가 불가피하다는 것을 모르는 사람에 의해 성취된다.

긍정적인 자세를 만들어주는 이른 아침 자신과의 대화

행복하고 성공한 인생을 영위하기 위한 첫걸음은 "최고의 상황이 내게 일어날 것이다. 인생에서 벌어지는 모든 일은 내게 플러스가 되는 일들뿐이다."라고 단언하는 습관이 몸에 배어야 한다.

귀찮음, 불행, 질병, 재난, 사고가 일어날지도 모른다고 걱정만 하는 바보 같은 습관에 빠지지 말도록 하자. 그런 것들을 걱정하며 기다리는 것은 그것이 현실로 이루어질 것이라고 단정하고 있는 것과 마찬가지로 실제로 본인에게 그런 악영향을 끌어들이고 만다. 이겨낼 수 없는 고통이 당연하다면 그것들이 찾아오는 것도 당연하다. 그렇게 해서 소극적인 사고방식이 반영된 환경을 끌어들이는 것이다.

성공과 행복을 기대하는 적극적인 자세로 사고방식을 바꿔나갈 수 있도록 아침 일찍 몇 분이라도 좋으니 시간을 내서 스스로 이렇게 다짐하기 바란다.

"행복은 선천적인 내 권리다. 내가 이 세상에 태어난 것은 인생을 구가하기 위해서이다. 내가 기대했던 삶과 달리 세상과 친숙하지 못한 채 실망하여 비통한 표정으로 살기 위해서가 아니다. 기쁨으로 가득한 밝은 얼굴에 당당한 승리자로 살기 위해서이다."

아침에 눈을 떠서 비관적이고 우울한 기분이 들거나 무기력한 기분이 들면 혼자서 잠시 마음이 풀릴 때까지 자기 자신과 대화를 나누자.

"뭐야, 이 정도 가지고. 지금 상황에서 금방 벗어날 수 있어. 긍정적인 인간이 되어 오늘 하루를 최대한 유용하게 쓰는 거야. 절대로 행복을 빼앗길 수 없어. 내게는 처음부터 마지막까지 오늘 하루를 행복하게 살 권리가 있어. 내 기분을 최고로 만들어 줄 것들 이외에는 '접근 금지' 다. 마음속에 걸려 있던 어둡고 음산한 그림을 다 떼어버리자. 대신, 용기와 격려로 기력을 높여줄 즐겁고 행복한 그림을 걸도록 하자."

내가 아는 한 스스로 결정한 것을 단언함으로써 침울한 기분을 극복하는 방법만큼 인간을 성장시키고 인생의 폭을 넓혀주는 것은 없다. 매일 아침 이렇게 자신의 결심을 표명하고 그에 따라 하루를 행동한다면 자신이 싫더라도 적극적이고 진취적인 사람이 될 수 있다.

'내게는 정말 기회가 오지 않아.' 라고 기회는 점점 멀어진다

우리는 자신감이라는 후광을 비추고 있는 한편으로 불신이라는 후광을 비추기도 한다. 그리고 상대는 그런 분위기를 쉽게 알아차린다. 실제로 지금까지 쌓아올린 것을 소극적으로 평가하여 주변 사람들에게 열등감으로 가득한 마이너스 후광을 발산한 탓에 힘든 노력을 물거품으로 만든 사람이 적지 않다.

자신은 깨닫지 못하고 있지만 자신을 평가 절하함으로써 자신에게 큰 해를 입히고 있다. 그것이 무엇이든 간에 우리에게 바람직하지 않은 것, 원하는 것과 다른 것을 공언하는 것은 신상에 도움이 되지 않는다.

사람들은 아무렇지 않게 "요즘 들어 건망증이 심해져 우산이나 물건을 자주 잃어버리고 사람들의 이름이나 얼굴도 기억하지 못해."라는 식의 자기비하를 하는 소극적인 말을 하곤 한다. 하지만 입 밖으로 나온 이

말들이 결점으로 굳어지고 결국 '자신'을 나약하게 만들고 있다는 사실을 꿈에서조차 생각하지 않는다.

마음의 거울에 바람직하지 않은 자기 이미지를 비추게 되면 현저하게 자신감이 떨어져 '원하는 사람이 되겠다.' '바라는 것을 손에 넣겠다.' 고 하는 최고의 기회를 놓치고 만다는 것을 자각하지 못하고 있다.

입을 열 때마다 '기회가 없어.' 라고 한탄만 하는 사람이 있다. 이런 사람들은 남들보다 부족한 부모 밑에서 태어난 것 자체가 운이 없는 것이고 그 때문에 평생 남보다 불리한 입장에 있다고 입버릇처럼 중얼거린다.

'나는 정말 운이 없어. 정말 좋은 순간 좋은 장소에 있었던 적이 한 번도 없었어. 아무리 노력해도 뭔지 모를 힘이 내 앞길을 가로막는 것 같아.' 라고 생각하며 끊임없이 한탄한다. 정체 모를 불행한 운명의 힘으로 항상 발목이 붙잡혀 모든 노력이 수포가 되고 주도면밀한 계획도 다 엉망이 된다고 불평을 토로한다.

이 '정체 모를' 음모 때문에 동료들에게 뒤지지 않을 만큼 최선을 다하지만 다른 사람들은 부자가 되고 우리 가족은 항상 가난하다고 투덜거린다.

이런 사람들이 실패하는 이유는 일목요연하다. 정원에 엉겅퀴 따위의 잡초 씨앗을 뿌려놓고는 이제 와서 엉겅퀴 때문에 채소가 말라죽고 결실이 적다고 불만을 토로한다.

자신감 넘치는 '단언'의 힘이 기적을 일으킨다

훌륭한 씨앗이 되어주는 생각이 꽃을 피울 수 있는 것은 정신적으로 조화가 이루어진 토양에서만 가능하다. 온갖 능력과 행복의 비밀은 그렇게 풍성한 토양에서 가능하다. 요컨대 인간의 정원에서는 단언과 행동이 한데 어우러져 진정한 성공의 씨앗이 된다.

지금의 수확은 모두 다 과거에 무엇을 심었는가에 따라 결정된다. 우리가 뿌린 씨앗에 따라 잡초나 가시덤불을 수확할 수도 있고, 아름다운 꽃이나 달콤한 열매를 수확할 수도 있다.

그와 마찬가지로 미래의 수확은 현재 뿌린 씨앗에 달려 있다. 씨앗의 선악에 따라 미래에 어떤 것을 수확할 수 있을지가 달라진다.

'자신이 가지는 것이 당연'하다고 여기는 것을 바라고 있을 때는 틀림없이 꽃을 피울 수 있다는 '확실한 신념'의 토양에 '단언'이라는 씨앗을 뿌려라. 기회는 스스로 만들지 않으면 안 된다. 그러면 이윽고 단언의 힘이 기적을 일으키게 될 것이다.

CHAPTER 6

당신의 장점을 살릴 수 있는 일을 하라

영국인 성직자 시드니 스미스는 이렇게 말했다.
"하늘이 부여한 직업에 종사하면 반드시 성공한다. 그렇지 않다면 차라리 직업이 없는 것보다 나쁘다."
원래 있어야 할 자리에 있는 사람은 즐겁고 활기차게 하루가 순식간에 지나가 버린다. 자신의 모든 능력을 자기 일에 '이거야말로 천직이다.' 라고 단언한다. 원래 있어야 할 자리에서 최대의 능력을 발휘하고 있는 사람은 자존심도 강하고 행복할 수 있다.

DISCOVERING YOURSELF

부모가 바라는 것과 정반대라도 천직의 유혹은 뿌리칠 수 없다

세계적으로 유명한 노르웨이의 바이올리니스트 올레 불(Ole Bornema n Bull)은 이렇게 말했다.

"아버지는 내가 성직자가 되기를 바라셨다. 그래서 아버지의 소원을 들어주려고 했지만, 성직자라면 음악에 대한 지식이 조금은 있어야 한다며 아버지가 8살 때 바이올린을 사주셨다. 그날 밤은 한숨도 자지 못했다. 밤새도록 소중한 바이올린을 힐끔힐끔 훔쳐봤다. 바이올린은 빨간색이었고 활에 달린 아름다운 진주 나사가 내게 미소를 띄우고 있는 것 같아 살짝 줄을 당겨보니 더욱 활짝 미소를 지어 주는 것 같았다. 나도 모르게 활을 손에 들고 뚫어지라 바라보니 녀석이 내게 말을 걸어왔다. '나를 기지고 바이올린을 연주해 주면 정말 좋겠어.' 라고 말이다.

그래서 살짝 연주를 해보니 녹아내릴 듯이 달콤한 음색이 울려 퍼졌다. 처음에는 정말 조심스럽게 연주를 했다. 그러나 모두가 잠들어 있는 한밤중이라는 것을 완전히 잊은 채 큰 소리로 연주를 한순간 아버지의 회초리가 어깨로 날아왔다. 작고 빨간 바이올린은 그 순간 바닥에 떨어져 망가지고 말았다. 아무리 울어도 때는 이미 늦었다. 다음 날 수리를 맡기기는 했지만, 원상태로 돌아오지는 못했다."

아들이 신학과 맞지 않는다는 것을 깨달은 아버지는 18살이 된 올레를 대학에 진학시키면서 음악에 빠지지 않게 조심하라고 당부하며 바이올린 연주를 금지했다. 그러나 올레는 유혹을 이겨내지 못하고 먹고 자는 것도 잊은 채 몇 날 며칠을 연주에 빠지곤 했다. 결국, 아버지의 노여움을 샀고 의절까지 하고 말았다. 그렇게 베니스의 아파트 꼭대기 층으로 이사를 하게 된 그는 매일 남몰래 협주곡을 작곡하고 밤을 새우며 창가에서 바이올린을 연주했다. 올레는 아버지의 꿈대로 자신을 희생시키지 않겠다고 다짐한다. 하고 싶은 일, 해야하는 일이 음악의 간절함으로 승화되고 있었다.

그러던 어느 날 밤, 콘서트가 예정되어 있던 메조소프라노 마리아 말리브랑이 경애하는 공연자 샤를 드 베리오의 출연료가 자신보다 낮다는 것을 알고 무대에 서기를 거절했다. 그 덕분에 갑자기 올레 불에게 대신 연주를 해달라는 요청이 들어오게 되었다. 음악에 조예가 깊은 한 비평가가 매일같이 창가에서 연주를 하는 올레의 음악을 듣고 감명받아 극장 지배인에게 그 사실을 알렸다.

기회를 잡은 그는 당장에 극장으로 달려갔고 하룻밤 사이에 명성을 얻게 되었다. 첫 곡이 끝나자마자 우레와 같은 박수 소리가 극장 안에 울려 퍼졌다. 자칫하다가는 흥분하여 실패하기 쉬운 상황이었지만 어릴 적부터 무의식적으로 해온 훈련 덕분에 전혀 동요하지 않고 연주를 마칠 수 있었다.

생계를 위해서가 아니라 '하지 않으면 안 되는 일' 이 천직이다

예술을 사랑하는 사람이라면 다음과 같은 상상에 자신도 모르게 소름이 돋고 말 것이다.

영국의 풍경화가 조지프 터너가 아버지의 이발소를 물려받았다면, 프랑스 풍경화가 클로드 로랭이 과자가게를 물려받았다면, 미켈란젤로가 아버지의 반대를 이겨내지 않았더라면 세상은 과연 어떻게 되었을까?

현재, 이 세상 절반의 사람은 잘못된 상황에 놓인 채 인생의 무상함을 느끼고 있다.

문명이 절정기를 맞이할 수 있는 것은 각자가 본래 자기가 있어야 할 장소를 찾고 그 역할을 다할 때이다. 자신이 있어야 할 자리에 있는 사람은 활기차고 즐거운 표정으로 하루가 순식간에 지나갈 것이다. 가지고 있는 모든 능력을 업무에 쏟아 '이것이야말로 천직' 이라는 것을 증명해 보인다. 있어야 할 곳에 있으면서 능력을 최대한 발휘할 수 있었기 때문에 그들은 자존심을 지키며 행복할 수 있다.

그러나 명의가 되었을지도 모르는 성직자, 뛰어난 토목기사가 되었을지도 모르는 의료 잡화점 점원 등 세상에는 직업 선택을 잘못한 것 같다고 여겨지는 사람이 얼마든지 많다.

그런 모습을 볼 때마다 사람들이 살면서 어떤 곳에 있어야 하는가에 대하여 얼마나 많은 판단 착오를 하고 있는지를 통감하게 된다. 모든 사람은 자신만의 야망을 품고 있다. 그러나 그릇된 선택을 하여 오랫동안 그 자리를 지키다가 뒤늦게 잘못을 깨닫는다 하더라도 그것을 바로잡으려 하지 않는다면 결국 모든 의욕을 잃고 성공의 기회를 놓치고 말 것이다.

자신과 어울리지 않는 곳에 있는 사람을 보는 것만큼 안타까운 일이 없다. 나는 이전에 큰 파도 때문에 해변으로 밀려 올라온 물고기를 본 적이 있다. 안간힘을 다해 지느러미를 팔딱거리며 바다로 돌아가려 하지만 조금도 전진할 수 없었다. 정신없이 몸부림을 치다가 힘이 다해 곧 숨이 끊어질 것 같은 순간이었다. 다행히도 다시 파도가 밀려와 지느러미에 물이 닿자마자 힘껏 헤엄을 쳐 자신이 태어난 고향으로 돌아갔다. 원래 자신이 살던 곳으로 돌아간 순간 다시 지느러미에 생기가 돌며 이 세상에 둘도 없을 것 같은 빛을 발산하기 시작했다.

많은 젊은이가 우연이거나 필연에 의해 자기 뜻과 다르게 생계를 위한 길을 선택하고 전전긍긍하며 스스로 아래로 추락하는 경향이 있다. 이것은 너무나 위험한 상황이다. 누구나 자신에게 맞는 장소에 서 있지 않다면 최고의 능력을 발휘할 수 없다.

세상에는 자신이 가장 잘하는 일이 아니라는 것을 자각하는 능력을 쓰면서 생계를 위해 살아가는 사람이 적지 않다. 자기 뜻과는 다르더라도 "일단 시작한 일이니 포기하지 말고 최선을 다해 노력해라."라고 어릴 적부터 배워왔기 때문에 직업을 바꿀 길이 막히고 말았다.

그러나 자신이 잘못된 곳에 있고 적성에 맞는 다른 일이 있다는 확신이 있으면서 지금의 자리에서 움직이려 하지 않는다면 생각해 볼 필요가 있다. 전직할 수 있고 만족보다는 어쩔 수 없이 생계를 유지하고 있다는 생각이 든다면 굳이 현재에 머무를 필요가 없다.

더 크고 충실한 삶을 영위하기 위해서는 현재에 머무르며 평범한 삶으로 인생을 마감하는 것은 어리석다. 보다 나은 삶의 길을 방해하고 자신의 이력에 마이너스라는 것을 알면서도 집착할 필요가 어디에 있을까?

당신이 가장 잘하는 것,
가장 잘 어울리는 일이 무엇인지 자문하라

그러나 한 가지 문제가 있다. 과연 자신에게 맞는 곳을 어떻게 찾을 수 있을까? 대답은 바로 '너 자신을 알라.' 이다. 개인의 행복과 성공에 그치지 않고 사회 전체의 행복이 다음 질문에 대한 대답에 달려 있다.

"가장 잘하는 것이 무엇인가? 가능한 사람들을 위해 최선을 다하고 최고의 능력을 극한까지 끌어올리기 위해서는 어떤 상황을 만들면 좋을까?"

간단하게 대답을 낼 수도 있지만 예리한 자기 분석이 필요한 질문이다.

하늘이 내린 천직이라면 쉽게 친숙해지고 기쁨과 만족을 느낄 수 있을 것이다. 만약 그렇지 않다면 왠지 모를 부족함, 불만, 실망만을 느끼게 될 것이다.

"몸과 마음을 다 바쳐도 아깝지 않고 이것이야말로 천직이고 내 삶 자체다."라는 이유 이외의 일을 하고 있다면 "지금 내가 과연 여기에 있는 것이 맞는 것일까?"라고 느끼고 있을지도 모른다.

어쩔 수 없이 일하고 있다. 정말 싫어서 참을 수가 없다. 도망치고 싶다. 내게는 정말 고역이다. 시계만 바라보며 한시라도 빨리 자유의 몸이 되기를 바라고 있다. 이런 경우라면 틀림없이 직업 선택이 잘못되었다고 생각하면 된다. 일에 대한 애정이 없거나 능력적으로 맞지 않을 때에는 성공한 인생은 기대할 수 없다. 지금 하는 일이 적성이 맞지 않는 것 또한 뭔가 문제가 있다.

선택한다면 반드시 자신의 장점을 가장 잘 살릴 길을 택하라. '백화점 왕' 이라 불리는 존 워너 메이커나 '철강 왕' 앤드루 카네기와 같은 대실업가가 되는 것은 불가능에 가까운 일일지도 모르지만 일류 변호사, 기술자, 발명가, 의사 등 여러 가지 길이 있다. 사업가로 성공하는 데 필요한 자질은 없더라도 다른 분야에서까지 그렇다고는 단정할 수 없다.

직업 선택을 할 때는 정확한 판단력이 필요하다. 자신에게 어울리는지 판단하는 것으로 끝나지 않는다. 행운의 여신으로부터 특별한 재능을 부여받았다고 하더라도 신체적 이유로 성공하기 힘든 경우도 있다. 예를 들어 극도로 허약한 체질이라면 어떤 야망을 품었더라도 경이적인 체력과 노력이 요구되는 직업에서의 성공은 불가능하다.

DISCOVERING YOURSELF

천직을 찾는 것은 나이와 상관이 없다

자신이 가야 할 길을 빨리 정하고 싶다고 안달하지 말 것. 15살에 인생의 목표를 찾은 사람이 있는가 하면 30세, 자칫하다가는 그 이상이 되어도 찾지 못하는 사람이 있다.

가장 나쁜 습관은 어리석게도 사람을 나이로 판단한다는 것이다. 그러나 같은 날 태어난 사람이라도 때에 따라서는 4반세기의 차이가 나는 경우도 있으며 나이와 발달 연령과는 전혀 상관이 없다고 할 수 있다. 한 사람이 성숙기에 다달랐을 때 다른 한 사람은 이제 막 인생의 출발점에서 있을 수도 있다.

내가 아는 한 남자는 자신의 가장 큰 장점을 찾지 못해 오랫동안 고민을 했다. 그 때문에 몇몇 직종을 전전한 끝에 성공하기는 했지만, 여전히 자신과는 어울리지 않는다는 생각을 떨쳐낼 수 없어 최고의 능력을 발휘해 일하는 것 같지 않았다.

뭔가 문제가 있다는 생각을 질질 끌고 가서는 안 된다. 그런 느낌이 들었지만, 자신에게 맞는 장소를 쉽게 찾을 수 없을 것 같았다. 모든 일에 망설이게 되고 확신이 없는 괴로운 나날을 보낸 끝에 모든 것을 포기하고 적성에는 맞지 않지만, 지금의 일에 최선을 다해 최대한의 성공을 거두자며 거의 자포자기 상태였다.

그러나 괴로운 마음은 여전히 계속되었고 45살이 지나서야 결국 자신과 맞는 것을 찾아 능력을 최대한 발휘할 수 있을 것이라는 확신을 하게 되었다.

그로부터 확 달라진 그는 자신도 모를 힘이 느껴지면서 가슴이 두근거림을 느꼈고 짧은 시간에 지금까지의 반평생 동안 이뤘던 것 이상의 것을 해낼 수 있었다.

모든 것이 자신이 있어야 할 자리를 찾을 수 있었기에 가능한 일이었다. 자신의 내면에 잠재되어 있던 힘을 쉽게 활용할 수 있었던 것은 물론이고 자신도 몰랐던 힘이 거세게 늘어나면서 새로 태어난 것처럼 느껴지면서 이전에는 결코 꿈도 꿀 수 없었던 힘을 맛보게 되었다.

아직 최고의 장점을 발견하지 못했다고 해서 특별한 재능이 없는 것이 아니다. 성격에 맞는 것이 없다고 일찌감치 포기하지 말자. 세상에는 최고의 성공을 거둔 사람들조차 중년, 아니 그 이상의 나이가 될 때까지 자신의 재능을 찾지 못한 사람도 있다. 그러나 중간에 포기하지는 않았다. 희미한 빛에 의지하여 멈추지 않고 광명을 찾아 어둠 속을 더듬어 가면서 전진했다.

중요한 것은 포기하지 말고 빛을 좇아 더 높은 곳을 향하라는 명령에 귀를 기울이는 것이다. 자신에게 보내는 손짓을 절대 놓쳐서는 안 된다. 그 손짓을 따르다 보면 결국 높은 곳에 도달하게 된다.

우선은 자신의 성향에 대해서 알아보자. 어떤 특정한 분야에 대한 흥미가 유발된다면 최고의 장점을 찾아내는 것은 시간문제라고 생각해도 틀림이 없다.

사실 우리 한 사람 한 사람은 쉽게 말해 스핑크스다. 신의 부하이자 여전히 풀리지 않은 수수께끼 같은 존재. 전모를 알 수 없는 봉인된 명령을 품고 있다.

자신이 있어야 할 곳을 찾게 되면 수수께끼는 해결된다. 전모가 밝혀지고 평온과 함께 정렬과 만족을 느끼게 될 것이다.

자신의 재능을 발휘할 장소를 찾아라

자연계의 것은 모두 다 선천적으로 훌륭하며 각자의 자리에서 없어서는 안 될 존재이다. 꽃들은 서로를 시기하지 않는다. 하나하나가 신성한 향로처럼 흔들리며 향기로 공간을 채우고 있다. 다른 꽃이나 머리 위의 큰 나무를 질투하는 일은 결코 없다. 사랑스러운 아름다움을 최대한 발산하는 것, 이것이 꽃의 최대 사명이다.

자신의 활동 영역을 발견하면 틀림없이 그것에 만족할 것이다. 모든 능력을 발산하고 있다는 것을 느낄 수 있다는 듯이 목표가 발산하는 자력에 의해 최고의 능력을 남김없이 끌어낸다.

농부나 요리사나 교사나 주부라고 해서 굴욕을 느끼지 않고, 남들이 부러워하는 직업에 종사하지 못했다고 불만을 느끼지도 않는다. 자신이 있어야 할 곳을 찾은 뒤에는 만족감을 느끼게 된다. 자신의 본래 운명을

다 하고 있다는 의식이 인간을 실력자로 만들어 주는 것이다. 수십 미터에 달하는 소나무에 뒤지지 않게 제비꽃은 훌륭하고 없어서는 안 되는 존재이기 때문이다.

또 다른 웹스터, 링컨, 그랜트, 나이팅게일, 브론테, 퀴리가 될 수 있느냐가 아니라 무엇이 자신과 가장 잘 맞는지를 생각하자. 그러면 이러한 위인들에 뒤지지 않는 중요한 장소를 발견할 수 있다.

영국의 성직자 시드니 스미스는 이렇게 말했다.

"하늘이 내린 천직에 종사하면 반드시 성공한다. 아니라면 직업이 없는 것보다 그 끝이 더 좋지 않다."

If you do the work you get rewarded. There are no shortcuts in life.

일을 처리해야만 보수를 얻을 수 있다. 인생에 지름길은 없다.

CHAPTER 7

단 하나의 확실한 목표를 갖고 그것에 집중하라

명확한 목표는 발사된 탄환의 방향을 조절하는 총신과 같은 것이다. 화약의 폭발력을 집중해 줄 이런 틀이 없다면 단순한 불꽃으로 끝나 총알을 쏠 수 없다.

'이것만은' 이라는 하나의 목표가 있는 사람은 고독한 존재로 찬성하는 것은 오로지 자기 자신뿐인 경우가 보통이다. 그러나 그러한 환경에서 자연의 여신은 명심판관의 모습을 드러내며 누구보다도 결연하게 과녁을 조여 삶을 살아가는 인간만이 살아남을 수 있도록 해주고 있다.

DISCOVERING YOURSELF

DISCOVERING YOURSELF

파티 초대를 거절한 대문호 디킨스

보스턴에서 개최된 파티에 초대를 받은 영국의 문호 찰스 디킨스는 이렇게 말했다.

"내가 여기 온 것은 그저 책을 읽기 위해서이다. 세상은 내가 최선을 다해주기를 바라고 있다. 하지만 그냥 움직이기만 하고 있다면 기대에 응답할 수 없다. 책을 읽고자 하는 단계에서 더는 내 시간은 나만의 것이 아니다. 소설을 집필할 때도 마찬가지이다. 탈고할 때까지 최선을 다하지 않으면 좋은 결과를 낼 수 없다."

성공한 사람은 무엇이든 계획을 하고 있어 일단 방향을 정하게 되면 멈추지 않고 그 길로 돌진한다. 계획을 세웠으면 곧바로 실행, 꿈을 향해 달려간다. 도중에 역경이 닥치더라도 꿈쩍도 하지 않는다. 역경을 넘어갈 수 없다면 그 속을 뚫고 지나간다.

경력을 획득하고 싶다면 '이것만은' 이라는 확고한 목표에 몸과 마음을 맡기고 다른 매력적인 것을 완전히 잊을 정도로 그 일에 빠져들 필요가 있다.

그러나 인생의 낙오자는 목표가 없는 생활을 보내며 어떤 일이든 별 관심이 없이 그저 세월만 보낸다. 일관된 목표를 향해 집중하여 노력하고 인생의 방향성과 의미를 부여하는 것이 전혀 없다.

"가장 성공한 사람은 목표를 하나로 정하고 불굴의 정신으로 그것을 수행하는 사람이다."라는 말은 기가 막히는 명언이다.

'목표' 는 반대와 비난에도 흔들리지 않는 강한 것이어야 한다

계획성, 끈기, 몰입, 자제심 등 성공을 위해 필요한 성질들은 한마디로 말해서 '집중력' 이라는 단어로 표현할 수 있다.

미래로 뻗은 길은 어둡고 두려운 것이지만 사람의 눈에는 보이지 않는 내면의 빛에 비쳐 본인의 눈에는 밝게 보이는 경우가 자주 있다. 원래라면 동요하고 비탄에 젖어 있어야 할 상황에서조차 영혼이 기쁨과 자신감으로 넘쳐 난다. 한눈에 봐도 명백한 패배에 승리를, 우울한 분위기 속에서 기쁨을, 어둠 속에서 빛을 보고 있다. 계속해서 집중하고 있으면 자신의 힘을 초월한 외부의 힘이 작용하여 마치 별처럼 궤도를 벗어나는 일은 일어나지 않는다.

한 가지 목표, '이것만은' 이라는 목표가 있는 사람은 고독한 존재로 찬성하는 것은 오로지 자기 자신뿐인 경우가 보통이다.

그러나 그러한 환경에서 자연의 여신은 명심판관의 모습을 드러내며 누구보다도 결연하게 과녁을 조여 삶을 살아가는 인간만이 살아남을 수 있도록 해준다.

독일의 전설적 수상 비스마르크는 오스트리아의 억압으로부터 독일을 구해내고 프로이센을 중심으로 하는 북 독일 연방을 건립하여 제국과 프로이센의 사상, 종교, 풍습, 국익을 일치시키겠다는 목표를 세웠다.

"이 목표를 달성하기 위해서는 어떤 위험도 두렵지 않았다. 설령 귀향은 물론이고 교수형을 당한다고 하더라도. 내 목을 조이는 밧줄이 프로이센의 왕좌와 현재의 독일을 단단히 묶을 수 있다면 교수형 따위는 두렵지 않다."

독일 통일은 비스마르크의 염원이었다. 해마다 선출되는 의회가 자신이 제안한 법안을 완전히 무시하더라도 이 용감무쌍한 독재자는 전혀 개의치 않고 무시하고 그때마다 의회를 해산해 버렸다. 그야말로 비스마르크의 독단이었다. 그가 줄곧 바라던 것은 '독일을 유럽 제일의 강국으로 만드는 것' 과 '프로이센 왕인 빌헬름을 나폴레옹이나 알렉산더 대왕 이상으로 위대한 지배자로 만드는 것' 이었다. 자신의 앞길을 가로막는 것이 그 무엇이든, 그것이 민중이든, 의회든, 국가든 그의 강력한 의지를 따르지 않으면 안 되었다.

한 가지 목표에 온 힘을 기울일 수 있는 사람은 그것이 무엇이든 반드시 이뤄낸다. 거기에 능력과 양식이 더해진다면 호랑이 등에 날개가 달리는 격이다.

미국의 실업가이자 자선가로 명성이 자자한 존스 홉킨스는 사업을 시작했을 때부터 "점포를 늘리는 것은 신이 내게 부여한 사명이다. 내 품으로 흘러들어온 돈을 꿔달라고 벌떼처럼 달려드는 수백만 명의 인간들에게 줄 생각이 전혀 없다."라고 선언했다.

이런 소릴 들은 사람들은 '짠돌이 영감' '수전노' '욕심쟁이' '구두쇠' 등 생각할 수 있는 모든 욕설로 그를 저주했다. 그러나 뭐라고 하든 전혀 신경 쓰지 않았다. 왜냐하면, 홉킨스에게는 수백만 달러의 자산을 들치기꾼들을 먹여 살리는 것보다 훨씬 중요한 용도에 쓰라고 하는 목표가 있었기 때문이다.

400만 달러는 볼티모어의 무료 병원에, 300만 달러는 볼티모어 근교의 존스 홉킨스 대학 등 모두 합쳐 900만 달러를 이러한 시설에 기증한 것이다. 덕분에 가난과 질병으로 고통받는 불행한 사람들이 몸을 맡기고 따뜻한 간호를 받을 수 있는 시설과 훌륭한 교육을 받을 수 있는 학교가 세워질 수 있었다.

많은 재능을 가진 사람보다 단 한 가지에 집중하는 사람이 더 강하다

미국의 선박, 철도 자본가 코넬리어스 밴더빌트는 요리 실력이 뛰어난 주방장에게 해마다 1만 달러를 지급했다. 그러자 한 유명한 코미디 작가가 이것을 빗대 재미난 이야기를 하였다.

"만약 이 주방장이 요리 실력은 보통이지만 사냥 실력이 뛰어나고, 3개 국어를 하고, 회계 실력도 있고, 전신도 조금 할 줄 알고, 이렇게 여러 가지 재주가 있는 사람이었다면 매년 1만 달러를 절대로 받을 수 없을 것이다."

재주가 많은 사람이 재능은 그에 미치지 못하는 상대에게 업무적으로 뒤지는 경우를 자주 볼 수 있다. 이유는 간단하다. 후자는 인생의 목표를 향해 한눈을 팔지 않고 전력을 다하지만 전자는 이것저것 모든 일에 마음을 빼앗겨 당장 미래가 달린 업무에는 등한시하고 의욕이 없기 때문이다.

가장 성공한 사람은 '이것만은' 이라는 목표에 전념하는 사람이라는 것은 예로부터 잘 알려진 사실이다. 이리저리 돌아다니며 수박 겉핥기식으로 끝나는 것이 아니라 끈기 있게 참고 한 우물을 파고드는 것이다.

나폴레옹은 자신에 대해 이렇게 말했다.

"나는 이것이라고 결정한 순간 모든 것을 잊고 그것을 성공하는 것에 몰두한다."

예를 들자면 방향키도 없고 돛도 힘없이 돛대에서 펄럭거리고 있어 앞으로 갈 수 없게 된 배를 생각해보자. 바람과 조류의 흐름에 따라 떠다니다가 방향을 조정할 수 없어 목적지인 항구에 전혀 다가갈 수 없다. 우유부단한 사람이 바로 이런 느낌이다. 살짝 바람이 불 때마다 흔들려 힘없이 운명의 흐름에 휘말리고 만다.

그러나 다시 모든 돛이 활대에 단단히 묶이고 순풍에 돛을 올려 앞으로 나감과 동시에 조타수와 선원들이 각자 자신의 자리를 지킨다면 어떻게 될까? 아무리 거친 바다라도 이런 배 앞에서는 무기를 거두고 좌우로 휘몰아치는 파도도 더는 위험하지 않다.

DISCOVERING YOURSELF

한정된 힘을 이리저리로 분산해서는 안 된다

우리는 이해할 수 없을 정도로 많은 일을 하고, 책을 읽고, 사람과 만나 이야기를 하며 시간을 낭비하면서 마른 우물에서 물을 퍼내는 것과 마찬가지인 수고를 하며 삶을 살아가고 있다.

인간의 마음은 선천적으로 이리저리 흔들리며 한눈을 팔기 쉽다.

대부분 사람의 내면에 있는 저수지는 시골에서 흔히 볼 수 있듯이 물의 절반은 흘러버려 물레방아를 돌릴 수 없는 댐과 닮았다. 이런저런 근심, 사소한 불안과 질투로 머리가 가득하여 마음을 집중시키지 못하는 상태는 내부의 저수지가 조금씩 새고 있는 것이라고 할 수 있어 축적된 힘이 서서히 빠져나가면서 성공 가능성이 희박해진다.

이럴 때는 무조건 모든 물이 물레방아 날개로 흘러들어가 단 한 방울의 물이라도 새나가지 않게 하는 비결을 배우는 것이 중요하다. 그것은 바로 '명확한 목표' 하나만을 갖는 것이다.

그 목표가 처음에는 확실하지 않을 수도 있다. 그러나 윤곽이 애매한 작은 연못이나 시냇물이 서로 모여 큰 강을 이루듯이 하나도 남김없이 옳은 방향을 향해 정조준한다면 결국 하나의 흐름이 되어 수백 개의 지류를 흡수한 거대한 목표로 성장하고 성공의 바다로 인도해 줄 것이다.

I count him braver who overcomes his desires than him

who conquers his enemies; for the hardest victory is over self.

나는 적을 이긴 사람보다 자신의 욕망을 극복한 사람이 더 용감해 보인다.

자신에게 이기는 것이야말로 진정 어려운 승리기 때문이다.

힘의 칼날을 한곳에 집중하면 큰 성공을 거둘 수 있다

일에서 성공하고 싶다면 내부에 비축된 힘 모두를 하나의 명확한 목표에 쏟아 부어야 한다. "승리가 아니면 죽음을!"이라는 결심으로 일에 전념하고 절대로 목표에서 한눈을 팔며 충동적으로 행동해서는 안 된다.

물론 온종일 한 가지 일만 하라는 것은 아니다. 때로는 완전히 잊어버릴 수 있는 탈선도 필요하다. 본선과 똑같은 종착역에 도착할 수 있다면 말이다. 그러나 평생 탈선 상태라면 곤란하다.

명확한 목표는 발사된 탄환의 방향을 조절하는 총신과 같은 것이다. 화약의 폭발력을 집중해 줄 이런 틀이 없다면 단순한 불꽃으로 끝나 총알을 쏠 수 없다.

얼마나 많은 실패가 큰 성공을 이끌고 얼마나 많은 작은 인물이 큰 인물이 되었는가? 혹은 마음속에 신묘한 뜻을 품은 채 죽어 간 '침묵한 채 말이 없는 무명의 밀턴' 과 온갖 예술을 한 모금 음미한 채 전부 삼켜버리지 못하고 끝나버린 학자가 얼마나 많단 말인가? 명확한 목표가 없었다는 오로지 이 이유로 말이다.

한 가지 재능을 가진 사람이 확고한 목표를 향해 전력투구한다면 100개의 재능이 있더라도 그 힘을 칼끝에 하나로 집중시키지 못하고 자신의 가장 큰 장점을 깨닫지 못하는 사람보다 결과적으로는 더 많은 것을 해낼 수 있다.

CHAPTER 8

'신의 선택을 받은 편집광' 이 되자

작가 로버트 버데티(Robert J. Burdette)는 이렇게 말했다.

"편집광이란 어떤 일에 대하여 현명하게 조종하여 그 방향을 보며 진보를 확실한 것으로 만든다. 그렇다, 다른 모든 것에 한눈을 팔지 않고 항상 같은 방향키밖에 조작하지 못할지도 모른다. 하지만 그래서 배가 앞으로 나갈 수 있는 것이다. 하루에 셀 수 없이 방향을 바꾼다면 절대로 편집광이라 할 수 없다. 만약 그렇다면 그건 풍향계에 지나지 않는다.

신이 풍향계를 선택하였을 때는 적임자가 널려 있다는 뜻이니 특별히 조심해야 한다. 그러나 편집광을 선택하려 할 때는 누가 가장 적임자일지 눈에 불을 켜고 찾아다닌다."

DISCOVERING YOURSELF

아무리 퍼내도 마르지 않는 강한 신념, '열의' 가 이룩한 위업

"저런 건물의 설계를 할 수 있다면 죽어도 좋다."

파리를 방문한 영국의 건축가 크리스토퍼 렌은 루브르 궁전을 보자마자 탄식을 했다. 그리고 그것이 그의 열정에 불을 붙였다.

렌이 죽은 뒤 그의 묘비에는 다음과 같은 비명이 새겨졌다.

"이 성당과 도시를 건설한 크리스토퍼 렌, 여기에 잠들다. 그는 자신을 위해서가 아닌 공익을 위해 90년 이상의 삶을 헌신했다. 고인의 업적을 알고 싶다면 주변을 둘러보라."

주변을 둘러보면 곧바로 영국 최고로 훌륭한 건축물인 세인트 폴 대성당이 렌에 의해 건축되었다는 것을 깨닫게 될 것이다.

인류에게 은혜를 베풀고 발전에 이바지 한 위대한 개량, 발전, 발명의 업적 대부분은 한마디로 '열정' 의 산물이다.

그렇다면 '열정' 은 무엇일까?

그것은 숭고하고 신성한 목표라 여기는 것에 대한 뜨거운 마음과 사심 없는 헌신, 위대한 목표달성을 향한 한결같은 마음이다. 또한, 지적 작업의 궁극적 목적을 향한 진지한 노력이며 반드시 갈망이 이루어진다고 믿고 참고 기다릴 수 있는 기력과 에너지이다.

인간은 자칫 이 마르지 않는 갈망과 사고를 무시하거나 몽상에 지나지 않는다고 비웃다가 그 꿈을 물거품으로 만들기 십상이다.

편집광이라 무시당했던 사람들이 세상을 발전시켜 왔다

16세기의 위대한 도공이자 자연과학자 베르나르 파리시(Bernard Palissy)는 당시 모국 프랑스에서는 아무도 만드는 방법을 몰랐던 수입품 법랑 컵이 진열된 것을 보고는 그 방법을 찾지 않고는 배길 수가 없었다. 가난한 삶에 유약 제조비법조차 몰랐지만, 불굴의 정신으로 열정을 보인 파리시는 주변 사람들로부터 바보 취급을 당해야 했다. 과연 '신의 선택을 받은 바보' 라 할 만했다. 위대한 꿈을 품고 그것을 위해서라면 어떤 희생도 각오하고 있었기 때문이었다.

'편집광' 에 대해 작가이자 저널리스트인 로버트 버데티는 이렇게 말했다.

"만약 편집광이 없다면 우리는 어떻게 될까? 세상에는 셀 수 없을 만큼 많은 편집광이 있다. 그들이 앞으로 나아가며 새로운 것을 만들어내지 않는다면 구태의연하고 따분한 세상이 계속될 것이다. 콜럼버스는 '발견' 과 '세계 일주' 에 집착한 편집광이었고 결국에는 편집광들의 정해진 운명의 길을 가야 했다. 그는 투옥되어 가난과 굴욕 속에 죽어야 했다.

지금은 존경을 받고 있다고? 당연하다. 대부분 자신을 아사 직전까지 내몬 편집광들에게는 특별한 존경심을 갖게 된다.

갈릴레오는 천문, 풀턴은 증기선, 모르스는 전신에 대한 편집광이었다. 노예제도 폐지론자는 한 명도 빠짐없이 편집광이었고 종교가 존 버니언도 예외는 아니다. 사고방식이 남들과 다른 사람은 모두 편집광이다. 아마도 그런 편집광의 이름은 언젠가 사람들의 입에 오르내리게 되고 사방에 기념비가 세워지는 한편, 당신은 고향 이외에서는 아무도 존재조차 기억하지 않을 것이다. 부디 편집광이라고 소홀히 대하지 말길 바란다.

물론 광적으로 보일 만큼 괴팍한 사람도 있기는 하지만 어떤 특정한 것밖에 모르는 외골수에 가까이하기 힘든 상대라고 해서 쉽게 조롱하지 않는 것이 좋을 것이다. 편집광이란 어떤 일에 대하여 현명하게 조종하여 그 방향을 보며 진보를 확실한 것으로 만든다. 그렇다, 다른 모든 것에 한눈을 팔지 않고 항상 같은 방향키밖에 조작하지 못할지도 모른다. 하지만 그렇기 때문에 배가 앞으로 전진할 수 있는 것이다. 변화무쌍한 것이 좋다고 하루에도 수없이 방향을 바꾼다면 절대로 편집광이라 할 수 없다. 만약 그렇다면 그건 풍향계에 지나지 않는다.

편집광은 되고 싶다고 해서 될 수 있는 것이 아니다. 신이 풍향계를 선택하였을 때는 적임자가 널려 있다는 뜻이니 특별히 조심해야 한다. 그러나 편집광을 선택하려 할 때는 누가 가장 적임자일지 눈에 불을 켜고 찾아다닌다. 편집광이 아니라 다행이라고 신께 감사를 드리기 전에 다시 한 번 자신을 돌아보고 선택되지 않은 가장 큰 결점이 무엇인지 생각해 봐야 한다."

Only put off until tomorrow what you are willing to die having left undone.

내일로 미뤄도 되는 것은 남겨놓고 죽어도 상관없는 것뿐이다.

터너의 작품에 대한 사랑, 구두닦이 일에 대한 자부심

영국이 자랑하는 풍경화가 터너는 자신의 마음에 드는 작품은 절대로 팔 수가 없었다. 그것은 그에게는 신체 일부와 같은 것으로 팔아버리면 창작에 소비했던 인생의 시간까지 상대에게 넘겨 모든 것이 사라져버리는 것 같았기 때문이다.

그림을 판 뒤에는 언제나 풀이 죽어 "오늘 또 자식 하나를 잃었다."고 슬퍼하며 눈물을 지었다.

뉴욕 시 매디슨 스퀘어에 있는 구두닦이는 언제나 손님을 깜짝 놀라게 했지만, 결코 손님의 신뢰를 잃는 일은 하지 않았다. 그는 구두가 만족할 만한 상태가 될 때까지 절대로 손님을 보내지 않았다. 언제나 열정적이었고 아무리 바쁜 날이라도 처음부터 끝까지 그 열정이 식을 줄 몰랐다. 풍부한 유머에 지칠 줄 모르는 근육으로 일에 전념했다.

"그야말로 열정의 교본이군. 이보게, 정말로 일이 즐거워서 어쩔 줄 모르겠다는 느낌이야. 당신 같은 친구는 처음 봤어."라며 구경꾼 중의 한 명이 말했다.

섬유 상태의 거친 표면이 사라지고 구두약으로 마무리되는가 싶더니 반짝반짝 윤이 나는 등 그냥 구두닦이라고 말하지만, 그 기술은 매우 복잡했다. 이 구두닦이의 일하는 모습에서는 온갖 의욕적인 회화가 평범함을 거부하는 예술적 정열과 자부심을 느낄 수 있었다.

잔 다르크의 열정은 병사와 국가 모두를 움직이게 했다

프랑스 혁명 시기에 공안위원회에서 군사문제를 담당한 카르노는 14개의 군단을 지휘하여 알프스 산맥과 피레네 산맥을 넘어 공격해오는 침략군을 격퇴했다.

그의 비범한 군사적 재능을 잘 보여주는 한 가지 예로 자주 거론되는 것은 어릴 적 극장에 가서 전투 장면을 봤을 때의 일화이다. 무대 뒤에서 공격군이 막 집중포화를 하려는 순간 "수비 위치를 바꾸지 않으면 전멸당한다!"라고 무대 위의 부대장이 소리치자 관객들은 술렁거렸다. 이 모습을 본 카르노 소년의 마음속에는 신중한 열정이 싹트게 되었다.

주저하다 발생한 걷잡을 수 없는 파란을 단숨에 해결하는 것도 '열정' 이다.

위대한 사명으로 불타는 성스러운 칼과 깃발을 손에 든 순진무구한

잔 다르크는 프랑스 군사들의 심금을 울려 군대의 사기를 충천하게 하였다. 역대 국왕이나 지휘자들조차 이루지 못한 쾌거였다.

그녀의 열정은 천하무적이었던 영국군조차 두려움에 떨게 하였다. 그 전까지 샤를 7세는 전면에 나서지 않았지만, 이 순수한 소녀에게 감복하여 과감하게 잔 다르크가 대관식을 올려야 한다고 주장했던 랭스로 향했다. 가는 길이 영국군의 수중에 있었음에도 모든 성이 성문을 열어준 덕분에 잔 다르크의 주장대로 대관식을 거행할 수 있었다.

진실을 전하지 못한 주교, 거짓말을 진실이라 여기게 한 명배우

연설을 듣고 연설자의 마력에 평소와는 다른 자신, 혹은 솔직한 자신과 한데 어우러져 감동에 취해버린 경우가 없는가? 그것은 한마디로 말하자면 한 줌의 의심도 주저함도 없는 진취적인 열정이 연설에 활력을 불어넣었기 때문일 것이다. 열정이 없다면 숨을 죽이게 할 정도의 감동을 주는 발명, 회화나 조각 작품, 위대한 시, 수필, 소설 등은 탄생할 수 없다. 두말할 필요도 없이 영적 파워, 영향력이 강한 사람에게는 이것이 있다.

열정으로 가득한 행동가이자 애국자인 헨리 클레이에게는 대화법 교본 따위는 절대 필요하지 않았다. 상원에서는 마치 아이를 변호하는 아버지처럼 완전히 도취하여 연설을 하였다. 하루는 상원의장을 상대로 열변을 토하고 있던 그가 어느 순간 이야기 이외에는 전혀 눈에 들어오지 않게 되어 상원 의회의 자기 자리에서 일어나 성큼성큼 의장에게로 다가가 의장과 단 둘이 이야기하는 모양새가 되었다. 존재감을 잃게 된 의원들은 숨을 죽이고 그 모습을 지켜보며 클레이의 이야기에 빠져들었다.

또한, 그 옛날 한 주교는 영국 연극계를 대표하는 명배우 데이비드 개릭에게 이렇게 물었다.

"개릭 씨, 무슨 이유인지 모르겠네요. 당신은 연기를 통해 꾸며낸 이야기를 진짜라고 믿게 하는데, 나는 진리를 진리라고 믿게 만들 수가 없군요."

"그건 아마도 진실이 아니더라도 완전히 믿고 있듯이 연기하는 저와 달리 진리를 믿지 않는다는 말투로 강연하기 때문이 아닐까요?"

디킨스의 말에 따르면 자신의 소설 줄거리와 등장인물에 완전히 몰입되어 글을 끝내기 전까지는 잠을 잘 수도 쉴 수도 없었다고 한다. 하나의 작품을 완성하는 데 한 달 내내 작업실에 틀어박혀 있다가 외출을 하면 마치 살인마와 같은 험악한 모습을 하고 있었다. 등장인물들이 밤낮없이 따라다니며 떨어지지 않았던 것 같다. 이렇게 강한 열정으로 써내려간 작품은 동서고금을 막론하고 사람들의 심금을 울리고 있다.

노르웨이의 바이올리니스트 올레 불의 전기에는 어릴 적부터 참을 수 없을 만큼 음악을 좋아하는 모습을 묘사하고 있다. 브레이크가 듣지 않을 정도의 열정으로 미친 듯이 음악에 빠져 있었다고 한다.

재능에 대한 의문의 여지는 없다고 하지만 온갖 장애를 극복할 수 있었던 것은 열정이고, 매력이고, 근면함이었다.

올레와 바이올린 사이에 있는 무언가 보이지 않는 강한 유대감, 그것에 매료되었다. 바이올린과 대화를 나누고, 부드럽게 애무하고, 자신의 영혼을 불어넣은 올레. 바이올린도 그의 깊은 사랑에 응답하여 거친 폭풍우가 숲을 뒤흔들 듯이 서로 하나가 되어 관객들의 마음을 사로잡았다.

세상의 평가와 조롱에 현혹되지 말고 오로지 한 길로

자기 일을 매우 소중하게 여기고 경의를 표하며 남들의 평가에는 전혀 신경을 쓰지 않는 사람은 결국 세상의 이목이 쏠리는 존재가 된다.

영국의 정치가 벤저민 디즈레일리는 '열정'을 '보기 드문 재능' '하늘이 내린 재능'으로 여기며 이것만 있다면 정치가가 세계를 제패하는 것도 어려운 일이 아니라고 생각했다. 실제로 디즈레일리와 함께 당시 영국 정치의 중심인물이었던 윌리엄 글래드스턴의 열정이 넘치는 진지한 태도는 정치가들을 감명시켰다.

외골수가 되는 것을 두려워해서는 안 된다. 경멸과 조롱이 섞인 말투로 '아주 열심이시네요.'라는 소리를 들어도 무시하자. 할 만한 가치가 있다고 생각되는 일이라면 누가 뭐라고 하더라도 신경 쓰지 말고 모든 열정을 쏟아라. 마지막에 웃는 사람이 승자다. 무슨 일이든 최선을 다하지 못하고 차가운 의심의 눈초리만을 보내는 인간이 위업을 달성한 사례는 없다.

열정은 냉정한 마음과 굳은 의지를 만들어준다. 또한, 기력이 충만해져 적극적인 행동으로 이어진다. 그리고 그 결과 꿈처럼 여겨졌던 것이 현실로 이루어진다.

일, 오락, 예술 등 목표가 무엇이든,

누가 그에 대해 왈가왈부하더라도 끝까지 최선을 다하라.

-윌리엄 멜모스(William Melmoth, 영국 작가)

CHAPTER 9

'날림 일'로는 그 무엇도 얻을 수 없다

막대한 부를 축적한 부자, 최고의 명성을 얻은 예술가, 세계의 주목을 받은 작가, 이들은 결코 '날림 일'을 하지 않았다. 일의 질은 따지지 않고 그저 묵묵히 일하는 것만으로는 만족하지 않았다. 설령 그것이 돈 한 푼도 들어오지 않는 봉사라고 할지라도.
자신의 장래를 생각한다면 지금 당장은 물질적으로 손해를 본다고 하더라도 대충대충 일하는 것보다는 훨씬 낫다고 여기는 것이다.

DISCOVERING YOURSELF

성실함을 선택할 것인가,
아니면 눈앞의 요령을 선택할 것인가

"이만하면 됐어."라고 동료가 꼼꼼한 사내에게 말했다.

"자네가 못 끝을 두들겨 굽혔기 때문에 보기에도 나사를 단단히 조인 것과 별 차이가 없고 시간도 줄일 수 있네. 아무도 이상한 걸 모를 거야."

사내는 우두커니 서서 중얼거렸다.

"내 눈에는 보이네. 그러니 그럴 수 없어. 그러면 오래가지 못해."

"오늘 일이 이걸로 끝이 아니야. 뭘 그렇게 열심히 해. 요즘 그렇게까지 일하는 사람도 없고 열심히 한다고 고맙다는 소리도 듣지 못해."

동료는 이렇게 말하고 비웃었다.

"아무리 그래도…. '일은 성실하게'가 내 좌우명이라 제대로 하지 않으면 마음이 편치 않아. 일을 받아 대충 끝내고 돈은 제대로 받는다면 도둑이나 마찬가지잖아. 남이 뭐라고 하건 내 자존심이 허락하지 않아."

"말뚝에 대고 말하는 것 같군. 그런 시대에 뒤처진 발상으로는 살아남기 힘들어. '최소로 일하고 최대로 돈을 받자.' 가 내 좌우명이야. 자네의 두 배는 벌 수 있지."

"그렇겠지. 그러고 싶다면 자네 맘대로 하게. 나는 제대로 된 일을 하겠네. 벌이는 적을지 몰라도 만족감을 느낄 수 있으니까. 내게는 그게 돈보다 훨씬 중요해."

그의 목소리에는 단호함을 느낄 수 있었다.

대충대충 일을 하다 보면 결국 손해를 보게 된다

어느 날, 두 명의 대장장이 경쟁자가 큰 바위를 발견했다. 바위 아래에 교활한 수전노가 보물을 감췄다는 이야기를 들은 두 사람은 서둘러 각자의 공장으로 돌아가 사용될 쇠 지렛대에 용접을 시작했다.

한 명은 먼저 보물을 차지하겠다는 욕심 때문에 대충 용접을 끝냈다. 원하는 대로 먼저 지렛대를 용접한 대장장이는 바위를 향해 달려가 곧바로 바위를 움직이려 했지만, 욕심에 눈이 멀어 대충 일을 한 탓에 조잡하게 용접한 부분이 부러지고 말았다.

화가 단단히 나 수리를 위해 다시 공장으로 돌아간 남자 대신에 다른 한 명의 대장장이가 왔다. 신중하게 용접한 지렛대를 가지고 바위로 다가가 침착하게 바위를 밀어내고 바라던 보물을 얻은 남자는 즐거운 마음으로 집으로 돌아갔다.

자기 일에 최선을 다하지 않으면 절대로 성공할 수 없다. 막대한 부를 축적한 부자, 최고의 명성을 얻은 예술가, 세계의 주목을 받은 작가, 이들은 결코 '날림 일' 을 하지 않았다.

일의 질은 따지지 않고 그저 묵묵히 일하는 것만으로는 만족하지 않았다. 설령 그것이 돈 한 푼도 들어오지 않는 봉사라고 할지라도.

자신의 장래를 생각한다면 지금 당장은 물질적으로 손해를 본다고 하더라도 대충대충 일하는 것보다는 성실히 일하는 것이 훨씬 낫다고 여기야 한다.

미국의 대표적인 사상가 에머슨은 이렇게 말했다.

"자신이 어떤 일을 어떻게 했는가보다 돈, 지위, 명성과 같은 보수에만 집착하는 인간은 저속하다."

정말로 그렇다.

일을 대충 처리했다는 것을 알면서도 받아야 할 것은 제대로 받겠다고 하는 것은 남의 지갑에서 돈을 훔치는 도둑과 마찬가지다.

이런 식으로 대충 남의 권리를 무시하는 태도를 할 수 있는 것은 '의무를 다하지 않는 자는 결국 자기 자신에게 상처를 입히고 자신의 영혼을 흐리게 한다.' 는 것을 모르기 때문이다. 당장은 이득을 본 것 같지만, 최종적으로는 타산이 맞지 않는 이야기다.

'하다만 일' 은 '실패한 일' 이다

끝까지 최선을 다하지 않았다면 그것은 '실패한 일' 로 제대로 된 '일' 이라 할 수 없다.

아이들은 어정쩡한 상태에서 포기하는 경우가 왕왕 있다. 때로는 나이가 들수록 점점 더 심해져 주변이 온통 하다 만 일투성이가 되는 경우도 있다. 처음에는 마음을 단단히 먹고 시작했지만 쉽게 질려버리는 경우도 많다.

예를 들어 아침에 큰맘 먹고 정원 정리를 시작한 소년이 몇 분이 지나자 열정이 식어버려 낚시로 흥미가 옮겨간다. 머지않아 그것도 질려 배를 만들자는 생각을 한다. 그러나 톱과 칼과 몇 장의 널판지를 준비하는 동안 정말로 자신이 하고 싶은 건 공놀이라고 생각하지만, 그것도 잠시, 또 다른 것을 시작하는 식이다.

언제까지 이 상태로 내버려둬서는 안 된다.

한 위대한 인물의 수많은 공적에 감명하여 질문이 쏟아진다.

"그렇게 여러 가지 일을 해낼 수 있었던 비결이 뭡니까?"

위인은 이렇게 대답한다.

"글쎄요, 한 번에 한 가지 일에 몰두해 단숨에 해내기 때문이 아닐까요."

한 가지 일을 제대로 완수해야만 다음 일을 할 수 있다. 이런저런 많은 일에 손을 댔다가는 성공을 기대할 수 없다.

'이걸로 완성이다.' 라고 쉽게 단정하지 마라

젊은 조각가 베르텔 토르발센은 이탈리아에서 9년 동안이나 아사 직전의 삶을 살고 있었다. 모두가 위로를 해주기는 했으나 아무도 그의 작품을 사주지는 않았다. 향수병과 가난과 질병이 겹친 토르발센은 고향 코펜하겐으로 돌아가기로 했다.

그런데 여권에 문제가 생겨 고향으로도 돌아가지 못하던 어느 날, 영국의 은행가 토머스 호프가 그의 작업실을 찾아와 대리석으로 만든 이아손(Iason: 그리스 신화에 금빛 양털을 차지한 용사) 조각상 가격을 물었다. 이전에도 만든 적이 있었지만 아무도 사는 사람이 없어 부숴버린 적이 있었기에 이번에도 사지 않을 것이라고 여긴 토르발센은 무성의하게 가격을 불렀다. 그러자 호프는 "그것 가지고는 안 되죠."라고 말하며 약 1.5배의 가격에 조각상을 구매했다.

이 일이 계기가 되어 2년 뒤에는 로열 아카데미의 교수가 되었다. 지나치리 만큼 품질에 집착이 강했던 토르발센은 스스로 이해가 될 때까지 30개의 비너스 상을 만들었다. 첫 작품이 맘에 들지 않으면 다시 제작에 돌입하는 식의 그의 열정적인 모습에 코펜하겐의 아카데미에서 경의의 표시로 500달러를 보내왔다.

23년 전에 코펜하겐을 떠나왔을 때는 가난하고 이름 없는 젊은이에 불과했던 그는 국왕의 요청으로 당대 최고의 조각가로서 금의환향하여 정부의 일을 하게 되었다. 쉽게 '완성'을 인정하지 않았던 엄격함이 그를 성공으로 인도한 것이다.

새뮤얼 F. B. 모르스가 젊었을 때 화가로 런던에서 공부하고 하고 있을 때(처음에는 초상화가로 전신 발명가로서 유명해진 것은 이후의 일이다.) 선배 화가 벤저민 웨스트에게 평가를 받기 위해 작은 '파르네제의 헤라클레스' 상을 데생했다. 그는 칭찬을 받기 위해 많은 시간과 공을 들여 스스로 완벽하다고 여기는 작품을 완성했다. 웨스트는 꼼꼼하게 살펴본 뒤 데생을 모르스에게 돌려주었다.

"좋아, 훌륭하군. 이런 식으로 해서 완성하게."

"이게 완성된 건데…."

모르스는 웨스트가 지적한 곳을 면밀하게 검토하고 다시 꼼꼼하게 고쳐나갔다. 웨스트는 흡족해하며 칭찬을 했지만, 이전과 마찬가지로 '완성하게.' 라고 말하고 돌려주었다.

"아직인가요?"

노력가였던 모르스는 실망을 할 수밖에 없었다.

이번에는 반드시 칭찬을 받겠다며 돌아오기는 했지만 웨스트에게 보일 때마다 항상 같은 대답밖에 돌아오지 않자 데생을 완성할 엄두가 나지 않았다.

"저는 무리인가 봅니다." 모르스는 절망감에 호소하였다. 그러자 웨스트가 이렇게 말했다.

"이 정도로 그만할까. 미완성인 채 서둘러 몇 장의 그림을 그리는 것보다는 훨씬 공부가 되었을 테니. 한 장의 그림을 완성시킨다는 것. 그것이 가능하다면 훌륭한 화가이네."

The pessimist complains about the wind; the optimist expects it to change; the realist adjusts the sails.

비관주의자는 바람을 원망하고 낙관주의자는 바람이 바뀌길 기다린다. 현실주의자는 돛을 움직인다.

맺음말 한마디를 생각하는 데 14시간을 소비하다

아테네에 우뚝 서 있는 파르테논 신전은 하부와 마찬가지로 밑에서는 잘 보이지 않는 꼭대기에는 최고의 조각이 새겨져 있었는데, 이것은 여신 아테네의 눈에 잘 띈다는 이유 때문이다. 또한, 어느 유명한 조각가는 사람들 눈에 전혀 띌 것 같지 않은 뒷면까지 조각한 것에 대해 '신이 보고 계시기 때문'이라고 했다. 밀라노 대성당의 수천 개에 달하는 조각상 또한 하느님의 시선을 온몸으로 느끼면서 조각한 듯 하나하나가 대단히 정교하게 완성되어 있다.

오랜 세월 칭송을 받아왔던 작품은 모두가 불굴의 노력에 의한 결정체이다. 미켈란젤로의 경우도 마찬가지다. 그 정도의 예술가라면 출중한 실력 덕분이라고 해도 좋을 테지만 "모든 것은 깊은 연구의 산물이다."라고 말했다.

프랑스가 자랑하는 위대한 작가 발자크는 때때로 단 한 페이지를 쓰는 데 일주일이 걸리기도 했다. 40편의 소설을 써서 명성을 얻은 뒤에는 이전보다 더 고뇌하며 작품들을 완성했다. 문장을 고치고 또 고쳐 퇴고에 퇴고를 더해 간 것이다. 이렇게 해서 완성된 소설은 모두 다 주옥같은 작품이 되었다. 이후로도 수십 번이 넘는 교정을 하여 추가 정정이 너무도 많았던 탓에 집필할 때보다 더 많은 시간이 걸리기도 했다.

고난의 50년, 프랑스 박물학자 뷔퐁은 '박물지' 를 완성하고 18번이나 교정 작업을 한 뒤에 출판사에 보냈다. 집필 방식 또한 매우 독특했다. 먼저 커다란 종이를 장부처럼 다섯 단으로 접는다. 처음 단에는 안건을 기록하고 두 번째 단에서 교정 작업을 하는 식으로 진행하여 다섯 번째 단에서야 겨우 노력한 성과를 적었다. 그러나 이 작업이 끝난 뒤에도 20번 이상 문장을 고쳤고, 한 번은 맺음말로 어떤 단어를 쓰는 것이 좋을지에 대하여 14시간이나 고민했다.

후세에 널리 남는 업적은 결코 타협하지 않고 자기 자신에게 엄격한 태도를 보여준 그들 덕분에 탄생할 수 있었다.

밑바닥 시절을 소중하게 여길 수 있는가

모든 일에는 반드시 시작, 중간, 끝이 있지만 예술의 세계에서는 시작과 끝이 같은 경우는 거의 없다.

소설은 거의 예외 없이 수많은 습작을 통해 한 편의 명작에 이르게 되고 대다수 화가도 많은 습작을 통해 명화를 그릴 수 있게 된다.

농부의 집안에서 태어난 장 프랑수아 밀레가 처음 그림에 마음을 빼앗기게 된 것은 가정용 낡은 성경에 실렸던 그림 때문이었다. 그의 아버지는 다른 아버지들과 달리 이렇게 말해 주었다.

"무엇이든 좋아하는 것을 그려라. 붓이 가는 대로, 마음가는 대로 말이야."

간판 그림을 그리며 생계를 꾸리기 시작한 밀레는 굶기를 밥 먹듯 했지만 여섯 장의 그림을 그린 뒤 신발을 샀고, 다시 한 장을 그리고 침대를 샀다. 돈을 위해 자신의 예술 수준을 떨어뜨리고 싶지 않았기 때문에 비록 싼 값에 그림을 팔아야 한다는 것을 알고 있으면서도 최선을 다해 그림을 그렸다(그의 할머니는 젊은 밀레에게 '불후의 그림' 을 그리라는 말을 자주 했다.). 그렇게 해서 훗날 명화 '만종' 은 12만 5000 달러에 팔리게 되었다.

어느 날, 보스턴에 화강암으로 된 고층 빌딩이 세워지고 있었고 완성이 되면 거리의 유명한 빌딩이 될 것이라 여겨졌다. 겉으로 보기에 화강암의 튼튼함이 인정되어 임대하겠다는 사람들이 줄을 설 정도였다.

건축업자는 자신감이 넘쳤고 '자금이 두둑하게 넘칠 것이다.' 라고 생각했지만 아쉽게도 임대료가 절반도 채 들어오기 전에 빌딩이 무너져 거리에는 온갖 파편과 물건들이 산더미처럼 쌓였다. 많은 사람이 사고로 사망하게 되었다. 눈앞에 멀쩡하게 서 있던 빌딩이 지금은 파편과 쓰레기로 변하고 말았다. 왜 이런 일이 발생한 것일까?

공사비를 조금이라도 줄이기 위해 낡은 지하실의 벽을 그대로 이용하였고, 건물의 무게가 그곳으로 집중되면서 빌딩 전체가 붕괴하고 만 것이다. 기초공사에서 약간의 비용을 아끼려 했다가 결국 큰 손실로 이어지고 만 것이다. 아니, 돈으로도 바꿀 수 없는 희생자들의 목숨과 비교한다면 그것은 푼돈에 불과한 것이다.

커다란 건물을 세우는 것은 물론이고 인격형성에서도 기초를 가볍게 여겨서는 안 된다.

정복자가 적시를 공격할 때 문제가 될 수 있는 바윗덩어리를 여기저기 남긴 채 전진한다면 훗날 그 바위 뒤에 숨어 있던 적의 공격으로 인해 고통을 당할 것이 불 보듯 빤하다. 업무나 공부를 할 때도 '남겨둔 것'이 문제가 되어 훗날 반드시 큰 재난으로 이어져 쓴맛을 보게 된다.

영국의 역사가이자 정치가인 토머스 매콜리의 말을 떠올려 보기 바란다.

"세상 사람들이 관심을 갖는 것은 아무도 하지 않으려고 하는 사람이 아니다. 누구나가 확실하게 하는 일을 가장 잘 해내는 사람이다."

한 사업가는 사소한 일이라도 확실하게 해내기 위해서는 일종의 기술이 필요하다고 했다.

"예전에 잡무를 담당하는 두 명의 사원이 있었는데 그들은 대부분 내게 온 엽서나 메모를 가져다주거나 필요한 물건을 가져다주었다. 한 명은 책 같은 무거운 것을 가져다줄 때 성큼성큼 다가와 대충 던져주고 갔다. 확실하게 전달하지 않더라도 책상 위에 쌓아 두면 그만이라고 생각하는 것 같았다. 바닥에 떨어뜨리기라도 하면 서둘러 집으려 하다가 넘어지기도 했다. 편지나 엽서를 가져올 때는 책상 앞으로 다가와 뻣뻣하게 선 채로 나를 향해 던지고 나간다.

다른 한 명은 소리 없이 들어왔다 나갔다. 책, 잉크, 편지 상자 등을 가져오면 책상 끝에 살며시 내려놓았다. 편지와 엽서를 절대로 던지지 않았고 항상 내 눈에 보이는 곳에 놓고 나가는 것이다. 편지를 책상 위에 놓아야 할지 다른 직원에게 전달하게 해야 할지 고민이 될 때는 미리 생각하고 내게 다가왔다. 실수로라도 바로 앞에 서서 편지를 훔쳐보는 등의 실례를 하지 않았다. 사소한 일에 관한 요령을 잘 알고 있었다. 새해가 된 시점에서 그 사원에게 10달러를 주고 다른 한 명은 퇴사를 시켰다."

사소한 일에 집착하며 열정을 쏟는 것은 어리석음의 진수다

세상에는 '적어도 해야 할 가치가 있는 것은 잘할 가치가 있는 것이다.' 라는 원칙을 확대해석하여 사소한 일에 필요 이상으로 시간을 낭비하는 사람이 있다. 어쨌든 중요한 일과 그렇지 않은 일을 구별할 줄 모르는 것이다.

어떤 일이든 지나치게 확실하게 하겠다는 생각에 사소한 일에 전력투구하는 것은 어리석다 할 수 있다. 이런 사람은 대부분 크게 출세를 하지 못한다. 사소한 문제에 심혈을 기울이다 시간을 다 허비하기 때문이다. 중요한 일을 훌륭하게 해내는 것과 아무래도 상관없는 일에 심혈을 기울이는 버릇과는 하늘과 땅 차이이다. 사소한 일에 집착하는 습관은 쉽게 말하자면 '직무태만', 업무를 '게을리하는 것' 과 별 차이가 없다. 부디 상식에 맞게 길을 잘못 들지 않기를 바란다.

작가 워싱턴 어빙의 이야기에 나오는 네덜란드인은 도랑을 건너기 위해 도움닫기를 하려고 5,000m나 뒤로 물러서 달리다가 도랑 앞에 도착한 시점에 숨이 차서 도랑으로 빠지고 말았다.

자연이 만드는 한 장의 잎사귀처럼 일을 시작했으면 '완벽' 하게 완성하자

무엇이 자신에게 맞는지를 결정할 때는 신중하게. 그러나 한번 결정하였으면 그것에 전념하자.

세상은 당신에게 변호사, 성직자, 의사, 농부, 과학자, 상인이 되라고는 하지 않는다. 직업을 정해주지는 않지만 무엇을 하든 그 일에서 성공하기를 요구한다. 프로 중의 프로가 되면 세상 사람들의 칭송과 모든 문이 한꺼번에 열리게 될 것이다.

날림 공사로 빌딩을 지어 팔아 치우는 것을 불행 중 다행이라고 해야 할까? 팔리지 않은 상태로 건물이 무너지는 사태를 초래하는 석공과 목수. 시간과 공을 들여 꼼꼼하게 준비를 하지 않고 수술 실수를 저질러 환자를 죽게 한 의대생. 학생 시절에 경험해야 할 것을 경험하지 않은 채 재판에서 지면서 의뢰인을 디딤돌 삼아 경험을 쌓는 변호사. 설교에 실패하여 지성과 교양이 있는 신자들을 짜증이 나게 하는 성직자. 이렇게 수련이 부족한 미숙자는 절대 되지 말기를 바란다.

자연은 아무리 작은 잎사귀라도 소홀히 하지 않고 올해 만들 것이 단 하나뿐인 것처럼 가는 잎줄기에서 초록과 줄기까지 완벽하게 만들어 낸다. 인간의 눈에 띄지 않는 산속 깊은 계곡에서 피는 꽃조차도 완벽한 윤곽과 미묘한 색채로 만들어져 훌륭하고 아름다움을 뽐내고 있다.

인간도 어떤 일에 열정을 쏟든 간에 성취감을 느끼지 못한다면 '아직 완전하지 않다.' 고 생각할 수 있는 마음가짐을 가져야 한다.

CHAPTER 10

도움이 없더라도 자신의 힘에 의지하여 전진하라

성공은 학생에게 있는 것이지 대학에 있는 것이 아니고, 위대한 것은 개인이지 도서관이 아니다. 힘 또한 외부의 지원에 있는 것이 아니라 자기 내면에 있다.
게으른 자들이 말하는 '요행수'에 의존해서는 안 된다.
자력으로 헤쳐나가면 세상 모든 것이 도움을 준다. 도움 없이도 해낼 수 있는 모습을 보여주면 된다. 그러면 "제발 돕게 해줘."라며 주변에서 다가올 것이다.

DISCOVERING YOURSELF

종달새 어미는 인간에 대해 잘 알고 있었다

"당장 집을 떠나는 게 좋아요!"

어미 종달새가 돌아오자마자 네 마리의 아기 새들이 벌벌 떨면서 합창하듯 소리쳤다.

"이 밭 주인이 이웃 사람을 써서 곡식을 벨 거래요."

"그랬다면 아직 안심해도 된단다."

그러나 다음 날 밤, 어미 종달새가 집으로 돌아오자 다시 새끼들은 야단법석이 났다.

"이웃 사람이 일을 하러 오지 않았다고 난리가 났어요. 내일 친척을 불러 수확을 한다고 해요."

"그래, 아직 안심해도 좋다."

이 말을 들은 새끼들은 즐거운 마음으로 그날 밤을 보냈다.

"오늘은 어때?" 어미 종달새가 물었다.

"별일 없어요. 친척이 오지 않았다고 화를 내며 자기가 수확을 한다고 했어요."

"그럼 이제 떠날 때가 됐구나. 인간은 스스로 힘으로 하겠다고 결심하면 당장에 착수하니까 틀림없이 실행에 옮길 거야."

운명의 여신은 자신의 힘으로 일어서는 자에게 미소를 짓는다

"가로변에 있는 저 가스 등불을 좀 봐. 태풍이 불고 어두운 밤에도 빛을 발산하고 있어. 이런, 꺼졌어. 하지만 그건 착각이야. 저길 봐, 다시 이전보다 눈부시게 빛나고 있지? 불꽃의 연료가 내부에 있기 때문이야."

인간도 등불과 마찬가지다. 불을 붙여주기를 기다리고 있다가는 평생 가도 어둠을 비춰줄 불꽃이 될 수 없다.

비스마르크가 친구와 하이킹을 즐기고 돌아오는 길에 얕은 개울을 건널 때 그는 적당한 돌을 디디고 반대편으로 무사히 도착했다. 친구는 개울물 속으로 들어가 건너다가 모래에 발이 빠지고 말았다. 죽을힘을 다해 발버둥 치며 빠져나오려 했지만, 맘처럼 되지 않았다. 그는 엉엉 울며 비스마르크에게 손을 뻗었으나 그는 결국은 포기를 하고 말았다.

그러자 비스마르크는 달려가 총을 꺼내 들고 격발장치를 올린 뒤 무서운 얼굴을 한 채 그를 향해 조정을 했다. 공포에 질린 친구는 순식간에 펄쩍 뛰어 강둑으로 날아올랐다. 비스마르크는 큰소리로 웃으며 총을 집어 던진 뒤 이렇게 말했다.

"불난 집에서 괴력을 발휘하게 되는 것과 같은 이치라네."

『이솝 우화』의 '헤라클레스와 목동'에서 이 진실에 대해 잘 설명해 주고 있다. 우마차의 차륜이 진흙 속에 빠지자 목동은 큰소리로 헤라클레스에게 도움을 청했다. 그러자 하늘의 옥좌에서 지상을 모습을 지켜보던 헤라클레스는 게으른 목동의 탄원을 거절하고 어깨로 차륜을 밀라고 명령했다.

언제 어느 곳에서나 운명의 여신이 미소를 짓는 것은 온 힘을 다해 마차를 밀고자 하는 사람, 다시 말해 최선을 다해 노력하는 사람이다.

어떤 불행이 닥치더라도 스스로 길을 개척해 나간 흥행사 바넘

19세기 중반에 활약했던 흥행사 P.T. 바넘은 14살에 아버지가 거액의 빚만 남긴 채 죽자 땡전 한 푼 없이 옷도 제대로 걸치지 못한 채 스스로 삶을 개척해야 했다. 아버지의 장례식에 신고 갈 신발까지 빌려야 하는 상황이었지만 훗날 뉴욕으로 가서 천직이라고 할 수 있는 일을 발견했다. 그건 바로 흥행사였다.

바넘은 1,000달러에 흑인 노파 조이스 헤스를 샀다. 그녀는 160살로 조지 워싱턴의 보모를 했다고 했지만 바넘이 그것이 사실인지 조사를 했는지는 의문의 여지가 있다. 어쨌거나 조이스를 구경거리로 이용해 중국에서 흥행에 성공하여 많은 돈을 벌 수 있었다. 그러나 그것도 노파가 죽자 끝나고 말았다.

그러나 쇼 비즈니스가 적성에 맞았는지 다음에는 순회 서커스단에 손을 댔다. 1841년, 브로드웨이의 아메리카 박물관을 자기 자본을 들이지 않고 인수한다. 박물관은 대성황을 이루며 돈을 자루로 쓸어 담다시피 했다.

바넘은 난장이인 엄지손가락 톰을 데리고 해외 공연을 하는 한편으로 당시 뛰어난 가창력으로 유럽을 석권하고 있던 거물 가수 예니 린드(Jenny Lind)와 계약을 맺었다. '미국에서 150회 콘서트를 하면 15만 달러의 출연료 이외에 하녀들의 경비까지 부담하겠다.' 는 조건을 수락한 것이다. 바넘의 뛰어난 선전 수완 덕분에 예니 린드는 뉴욕에서 왕족조차 경험하기 힘들 정도의 환대를 받았고, 캐슬 가든에서 열린 첫 콘서트에서 1만 8000 달러에 가까운 수익을 올렸다.

이렇게 큰 성황을 이루었음에도 투자를 했던 제롬 시계회사가 도산하여 바넘은 모든 재산을 잃고 말았다. 그러나 그는 그런 일로 무너질 사람이 아니었다. 모든 빚을 청산하고 처음부터 다시 시작한 바넘은 유럽에서 공연하며 진귀한 물건들을 수집하기 시작한다.

고향과도 같은 아메리카 박물관으로 다시 돌아온 그는 이전보다 더 대대적으로 사업을 전개했다. 전시물로 세계의 진귀한 동물들을 모았고 엄지손가락 톰을 위해 아내를 선물해 주었다.

난쟁이 부부는 큰 주목을 받았지만 1865년에 다시 비극이 찾아왔다. 아메리카 박물관이 화재로 전소하고 만 것이다. 그러나 그는 전혀 개의치 않고 브로드웨이에 새로운 박물관을 개장하였다.

아쉽게도 이곳 또한 3년 뒤에 똑같은 운명에 처하며 결국 사업에서 손을 뗐다. 이후로는 '비즈니스의 성공' '금주' 등의 주제로 강연하기 시작했다.

이윽고 '지상 최대의 쇼'라는 문구 아래 거대한 서커스를 설립하였다. 지금까지 본 적이 없을 정도로 거대한 코끼리 점보를 런던 왕립박물관에서 1만 달러에 구매하여 영국의 왕실과 여론의 맹렬한 반대를 뿌리치고 미국으로 운반한다. 그러나 많은 관객의 눈을 즐겁게 해주었던 점보도 몇 년 되지 않아 열차사고를 죽고 만다.

그러나 이러한 시련은 곡괭이 그림이 그려져 있는 오래된 문장에 적혀 있는 명언 '길이 없으면 길을 만들어라.'를 좌우명으로 삼고 있는 바넘의 발걸음을 멈추게 할 수는 없었다.

An investment in knowledge always pays the best interest.

지식에 투자하는 것은 항상 최대의 이익을 가져다준다.

죄수 생활조차 기회로 바꾼 대작가

영국의 종교작가이자 전도자인 존 버니언은 우리에게 매우 위대한 교훈을 남겼다.

옥스퍼드 대학과 케임브리지 대학의 졸업생과 교수들도, 영국의 문학자들도, 도서관을 마음대로 이용할 수 있어 교양을 갖춘 학자라도, 세상의 멸시를 당하며 이름조차 없었던 이 학식이 없는 가난뱅이가 교도소에서 이뤄낸 위업보다 더 큰 성과를 남기지 못했다. 그가 당시에 이용할 수 있었던 책은 성경과 존 폭스의 『폭스의 순교사』 단 두 권뿐이었다.

옥중에서도 시간을 헛되이 보낼 수 없다고 여긴 버니언은 그저 멍하니 운명과 박해자들을 저주하며 기회가 오기만을 기다리지 않고 죄수라는 끔찍한 기회까지도 이용했다.

지금 주어진 기회에 전념하여 최대한 이용하겠다고 버니언은 두 권의

책과 과거의 경험을 최대한으로 활용했다. 어떤 의미에서 보면 교도소는 그에게 있어 큰 도움이 되었다. 그곳에서는 모든 것을 자신이 해결해야 했으며 도서관에서 조사도 할 수 없었고 남의 도움도 받을 수 없었다. 아무리 힘든 문제에 직면하더라도 의지할 수 있는 것이라고는 오로지 본인뿐이었다. 의지할 것이 전혀 없는 상황에서 근육을 단련해 스스로의 다리로 일어서는 것 이외에 달리 방법이 없었다.

성경을 깊숙이 파고들수록 생각지도 못했던 주옥같은 말들이 감춰져 있었다. 그에게는 이 풍성함과 위대함이 마치 교도소가 궁궐처럼 느끼게 해주었다.

자신의 머릿속이 생각지도 못했던 지식의 보고였던 것이다. 진정한 세계는 결국 외부가 아니라 내부에 있었다. 자신의 마음속 깊은 곳에 그 세계가 있고 육신은 생생하게 살아 있는 사고를 형성한 것이다. 생각하면 할수록, 마음 깊은 곳을 파고 들수록 그의 눈에는 내면의 세계가 더욱 장대하고 훌륭한 것으로 비춰졌다. 글을 쓸 자료가 부족하기는커녕 최고의 이미지가 줄줄이 쏟아져 나오는 것을 느끼며 진정한 것은 역시 내면에 있는 것이지 외면에 있는 것이 아니라는 것을 실감했다.

버니언이 이렇게 음침하고 더러운 교도소 안에서 쓴 『천로역정』(성경 다음으로 많은 사람이 읽었다고 할 정도의 기독교 신앙을 우화적으로 묘사한 책)은 전 세계에 영향을 끼친 걸작이 되었다.

선천적인 재능도, 운도, 학력도, 부모의 재산도 당신의 성공을 보장하지 않는다

증기기관을 발명한 제임스 와트 시대의 사람들 대부분은 그보다 훨씬 더 풍부한 지식을 가졌지만, 자신의 지식을 실용적인 목적으로 활용하기 위해 최선을 다하지 않았다. 성공은 학생에게 있는 것이지 대학에 있는 것이 아니고, 위대한 것은 개인이지 도서관이 아니다. 힘 또한 외부의 지원에 있는 것이 아니라 자기 내면에 있다. 강한 결심을 한 사람은 아무리 평범한 재능만 가졌다고 하더라도 반드시 큰 기회를 잡을 수 있다.

부모는 자식에게 금전이나 다른 영향력을 행사하여 좋은 일을 찾아주거나 돈을 벌어 번창한 회사의 공동 경영권을 줄 수는 있지만, 성공까지는 보장할 수는 없다. 그것은 자기 스스로 찾는 것 이외에 방법이 없다.

대리인을 내세워 무언가를 하고자 하는 사람은 메이플라워호의 이주민 마일스 스탠디시(Myles Standish, 1584~1656. 필그림스에 의해 개척된 플리머스 식민지의 군사 고문관으로 고용된 잉글랜드 육군 장교.)와 같은 상황은 당하지 않는다. 그는 친구 존 올던에게 프리실라와의 중매를 부탁했지만, 이 청교도 아가씨와 결혼한 것은 마일스가 아니라 존이었다. 이와 마찬가지로 남에게 부탁하여 문제를 해결하고자 할 때는 매우 위험한 도박을 하는 것이기 때문에 십중팔구 성공은 남의 손에 넘어가고 만다.

모든 상황을 운에 맡기는 것과 달리 예리한 눈빛과 강인한 의지를 갖춘 노력가는 스스로 상황을 만든다. 운에만 맡기는 사람은 침대에 누운 채 유산 상속의 소식이 전달되기만을 기다리지만, 노력가는 6시에 일어나 열심히 펜과 망치질을 하여 재산을 축적한다.

운에만 의지하는 사람은 걸핏하면 우는소리를 하고, 노력가는 후후 휘파람을 분다.

운에만 의지하는 것은 마력을 기대는 반면에 노력가는 인간적 매력으로 승부한다.

운에만 의지하는 것은 나락으로 떨어뜨리지만 노력가는 자활을 위해 달려간다.

스스로의 힘으로 부딪혀 나가면 세상은 저절로 도움의 손길을 뻗어준다. 아무 도움 없이 할 수 있다는 것만 보여주면 된다. 그러다 보면 어느 순간 '제발 도울 수 있게 해줘.' 라고 저절로 주변으로 모여들 것이다.

노력과 배움에는 자본이 전혀 필요 없다

일반적으로 남에게 의지하여 어떤 일을 시작한 사람은 끝날 때까지 그 상대에게 의지하게 된다. 내부적 의지라면 예외 없이 본인을 강하게 해주지만 외부적인 의지라면 결국 자신을 약하게 만들고 만다. 뭔가에 의지하고 싶다면 그건 바로 자기 자신밖에 없다.

모든 일에 조언을 구하다 보면 결국 '자기'가 사라지고 결국은 당연한 것으로 여기게 되어 모든 일에 고개를 숙이며 도와달라고 애원하게 된다.

학교나 교사로부터 배울 기회가 없다. 책과 친구가 없고 지위나 직업도 낮다. 가난, 허약, 벙어리, 장님. 혹은 굶주림과 추위로 심신이 지쳐 있거나 마음의 병을 앓고 있다고 하더라도 강한 의지만 있다면 자기 자신의 연마를 방해할 장애물은 이 세상에 없다.

배우고 싶은데 배울 수 없는 것이 어디 있겠는가?

수필? 그렇다면 옥스퍼드 영어사전을 편집한 제임스 머레이 경(Sir James A.H. Murray)을 생각해보기 바란다. 나뭇가지를 불에 태워 펜을 대신하였고 글씨 연습은 낡은 양가죽을 이용했다.

영어 문법? 그렇다면 영국의 저널리스트이자 개혁론자인 윌리엄 코빗(William Cobbett: 영국의 급진주의적 문필가이자 정치가. 농민 · 노동자의 회고적 감정에 호소하며 산업주의를 비판.)을 보라. 그는 난롯불밖에 없는 환경 속에서 하루 6펜스를 벌어가며 공부했다. 그것조차도 벌지 못하여 단돈 1페니로 펜과 종이를 사고 굶주림과 싸워야 하는 날도 많았다.

책을 살 돈이 없다고? 영국의 철학자로 'Principia Ethica(윤리학 원리)' 에서 선의 비정의성(非定義性)과 그 자연주의적 오류 등에 대한 문제 제기를 한 조지 무어(George Edward Moore: 영국의 철학자. B.러셀, L.비트겐슈타인 등과 케임브리지학파를 대표.)는 뉴턴의 'Principia(자연철학의 수학적 원리)' 를 빌려 전부를 필사하였다.

이렇듯 세상의 모든 위업은 대부분 '자조(自助)' 의 힘에 의한 것이라 할 수 있다. 그런데도 자본이 없다는 이유로 얼마나 많은 사람이 하고 싶은 일을 주저하면서 호박이 넝쿨 채 굴러들어 오기만을 바라고 있는가? 그러나 성공은 고통과 인내의 산물이다. 아부나 도박으로는 결코 얻을 수 없다. 희생이 없다면 절대로 불가능한 것이다.

게으른 자들이 말하는 '요행수' 따위에 기대해서는 안 된다. 인생이라는 큰 시합에서 이기고 싶다면 자기 자신의 뒤꿈치에 박차를 달고 참전해야 한다.

CHAPTER 11

당신의 내면 깊은 곳에 잠재된 가능성을 상기하라

거대한 떡갈나무의 잠재능력과 가능성은 모두 도토리 속에 응축되어 있으며 조건이 갖춰진다면 개화하여 어느 면으로 볼 때나 더할 나위 없는 떡갈나무가 탄생한다.
완벽한 도토리에서 성장하였지만 제대로 성장하지 못한 떡갈나무라면 악조건 때문에 성장이 방해되어 개화되어야 할 가능성이 일부밖에 빛을 보지 못했다는 것을 알 수 있다.
우리가 이 세상에 태어났을 때도 마찬가지로 인간이라는 도토리가 잠재능력과 가능성이 응축되어 있어 조건만 갖춰진다면 최고로 이상적인 모습으로 성장할 수 있다.

DISCOVERING YOURSELF

DISCOVERING YOURSELF

양으로 키워진 새끼 사자가 자각을 했을 때

사자 새끼가 어느 날, 엄마가 잠들어 있을 때 혼자 숲 속으로 놀러 가 재미있는 것이 많다는 사실을 깨닫고 잠시 광활한 외부세계가 어떤 것인지 탐험해 보기로 했다. 그러나 자신도 모르는 사이 너무 멀리 와버렸기 때문에 돌아가는 길을 찾지 못하게 되었다.

미아가 되고 만 것이다.

겁이 난 새끼 사자는 정신없이 이리저리 뛰어다니며 엄마를 불렀지만, 대답이 없다. 완전히 지쳐 녹초가 된 상태에서도 여전히 엄마를 불렀다. 근처에 있던 새끼 양을 잃은 엄마 양이 필사적인 울음소리를 듣고 달려와 새끼 사자를 입양했다.

이 양부모와 자식은 매우 사이좋게 살고 있었다. 그러던 어느 날, 저 멀리 산 정상에 위풍당당하게 서 있는 사자의 모습이 허공에 또렷하게 그 모습이 떠올랐다. 황갈색 갈기를 휘날리며 힘껏 울부짖자 으스스한 포효소리가 계곡 사이로 메아리쳤다. 공포에 질려 부들부들 떨면서 꼼짝도 하지 못하는 엄마 양. 반면에 새끼 사자는 이 포효소리를 듣자마자 마법에 걸린 듯 빠져들면서 지금까지 느껴보지 못했던 기묘한 감정에 가슴이 뛰기 시작했다.

사자의 포효가 새끼 사자의 마음을 울린 것이다. 이는 지금까지 단 한 번도 없던 일이다. 그리고 동시에 이전에는 느끼지 못했던 힘이 솟아나는 것을 느꼈다. 새로운 욕망을 자극하는 힘. 본능을 자각한 새끼 사자는 자신도 모르는 사이 사자의 포효에 대답하듯이 포효했다.

몸속에서 꿈틀거리는 새로운 힘 때문에 놀라고 당혹하며 떨면서도 자신을 자각한 새끼 사자는 자신을 키워준 양부모에게 다가가 잠시 킁킁거리며 냄새를 맡고는 순식간에 몸을 날려 산 정상의 사자를 향해 달려갔다.

본인이 깨닫지 못했을 뿐
새로운 힘이 생겨난 것은 아니다

길 잃은 새끼 사자는 이때 비로소 자신이 누구인지를 자각했다. 그전까지 자신이 새끼 양인 줄로 알고 양부모 곁에 딱 붙어서 자신이 다른 양들과 다른 일이 가능하고 다른 양들이 없는 힘이 있다는 것조차 생각하지 못했다. 정글의 동물들을 떨게 하는 힘이 설마 자신에게 있을 줄이야…. 자신을 양이라고 착각한 채 개를 보면 도망치고 늑대 울음소리에 부들부들 떨었다. 그러나 지금은 무섭기만 했던 개와 늑대 등의 동물들이 자신을 보면 모두 도망쳐 버렸다.

이 새끼 사자가 스스로 양이라고 착각하고 있는 동안에는 양과 똑같이 겁이 많았고 그에 어울리는 힘과 용기밖에 낼 수 없었기 때문에 실수로라도 사자의 힘을 발휘하지 못했다. 아마 그런 힘이 있다고 하더라도 이렇게 말했을 것이다.

"어째서 내게 사자의 힘이 있지? 남들과 다를 것이 없는 양인 내게 말이야. 다른 양들이 하지 못하는 걸 내가 할 수 있을 리가 없어."

그러나 사자의 본능이 되살아나자 상대할 적이 없는 숲의 제왕으로 다시 태어났다. 이 자각 덕분에 의식적인 힘이 두 배 세 배, 아니 수십 배로 커졌다. 사자의 포효를 듣기 전에는 불가능했던 일이었다.

멀리 산 정상에서 사자가 울부짖는 소리에 자신의 내면에 잠들어 있던 사자의 본능을 자각하지 못했다면 아마도 그런 본능이 자신에게 있다는 것을 깨닫지 못한 채 영원히 양으로 살았을 것이다.

그것은 포효 때문에 힘이 세진 것도, 새로운 힘이 생겨난 것도 아니다. 잠재되어 있던 힘이 눈을 뜨면서 그 존재를 자각한 것에 불과하다.

자신의 잠재능력을 발견하는 것은 인생의 최고 희열이다

중요한 것은 지금의 모습이 아니다. 내면에서 요동치고 있는 더 위대하고 숭고한 인간이다.

이런 전설이 있다.

신이 인간에게 인생이라는 탐험여행을 내보내려 할 때의 일이었다. 함께한 수호천사가 '만족감', 그것도 '100%의 만족감'을 부여하려는 순간 신이 천사의 손길을 가로막았다.

"그건 안 된다. 그런 것을 주게 되면 자기 발견의 희열을 영원히 빼앗는 것이 된다."

뉴욕의 고등학교 교장이 인터뷰에서 자기 발견에 대한 경험을 이야기해 주었다.

"세상이 내가 필요하고 있다는 것을 깨닫는 순간 내 내면에 영혼이 있고 그것은 실제로 나보다 더 큰 존재라는 것을 깨달았다. 그래서 사람들을 위해 무언가 해야 한다고 생각했다."

인생에서 최고의 순간 중에 하나는 바로 자기 발견이다. 이때 비로소 내면의 영혼을 또렷하게 느낄 수 있음과 동시에 자신의 위대한 면이 활짝 열리면서 지금까지 잠들어 있는 잠재적 가능성을 깨닫게 된다.

그러나 사람이 잠재능력이 얼마나 큰 것인지를 깨닫고 자신의 위대함과 가능성을 확신하게 되는 것이야말로 가장 힘든 일이다. 자기 발견의 도중에 있는 우리는 대부분의 경우 자신의 일부밖에 못 보고 있다.

작은 도토리에 모든 가능성이 잠재되어 있다

앞에서 말했듯이 커다란 떡갈나무의 모든 잠재능력과 가능성은 도토리 속에 응축되어 있다가 조건이 갖춰지면 개화하여 어디서나 볼 수 있는 훌륭한 떡갈나무로 자라게 된다.

완벽한 도토리에서 성장한 작은 떡갈나무가 있다면 악조건 때문에 성장이 방해되어 펼칠 수 있는 가능성의 일부밖에 펼치지 못했다는 것을 알 수 있다. 작은 떡갈나무에서는 도토리에 잠재된 가능성이 일부밖에 드러나지 않은 것이다.

우리가 이 세상에 태어났을 때도 마찬가지로 인간의 '도토리'에 잠재능력과 가능성이 응축되어 있어 조건이 갖춰졌을 때는 궁극의 이상적인 모습으로 성장할 수 있다.

자연의 여신이 항상 추구하는 것이 바로 처음부터 씨앗 속에 갖춰져

To be yourself in a world that is constantly trying to make you something else is the greatest accomplishment.

끊임없이 그대를 무언가로 바꿔놓으려는 세계 속에서 자신다움을 유지하는 것.

그것이 가장 훌륭한 위업이다.

있던 가능성을 활용하여 최고의 상태로 성장한 존재이다. 작은 떡갈나무도 아니고 토양이 맞지 않거나 건조함 등의 악조건으로 인해 말라비틀어진 미성숙한 밀도 아니다. 씨앗이 암시하고 있던 완전한 모습의 밀, 이것이야말로 신이 우리에게 바라는 것이다.

DISCOVERING YOURSELF

무조건 도전하라, 당신에게 어떤 가능성이 잠재되어 있는지는 아무도 모른다

잠재능력과 가능성은 무엇보다 소중한 재산이다. 아마도 이룩할 가능성이 있는 대위업과 비교한다면 실제로 하는 것은 비교도 될 수 없다.

어쩌면 지금까지 온갖 이유로 성장이 가로막혀 본래의 모습보다 부족한 상태일지도 모른다. 그러나 본래는 위대한 존재이다. 스스로 깨닫고 느끼고 있는 그 내면의 위대함을 발견하고 겉으로 드러내어 인간 '도토리' 속에 잠재된 본래 자신의 모습을 끌어내도록 노력해야 한다.

아무도 알 수가 없다. 당신 내면에 세계가 놀라게 할 어떤 책이 드러나지 않은 채 잠자고 있는지를. 자신의 음역 속에 어떤 하모니와 멜로디가 잠겨서 있는지를. 뛰어난 기량을 가졌고 사람들에게 아낌없는 도움과 위로가 될 수 있는 그런 존재가 아직 당신의 내면에서 발견되기만을 기다리고 있는지를.

본인의 내면에 그런 능력이 있다고는 절대로 믿을 수 없다고?

그러나 그것은 잘 모르고서 하는 말이다. 대부분 사람이 그런 능력이 있다는 것을 깨닫지 못한 채 위대한 천재의 씨앗을 몸속에 봉인한 상태로 살고 있다. 문제는 마음속 깊은 곳을 탐험하고자 했던 사람이 거의 없었기 때문에 아쉽게도 능력이라는 대륙을 발견하지 못한 채 무덤까지 가지고 갈 뿐이다.

사업가라면 투자도 운용도 하지 않고 내버려두듯이 유휴자본을 은행에 몽땅 넣어버리는 바보는 없을 것이다. 알겠는가? 우리는 이와 똑같은 행동을 자기 자신에게 하고 있다.

돈 따위보다 훨씬 더 귀중한 장점이 본인에게 있다. 그런데 왜 그것을 활용하려 하지 않는가? 이것은 당신이 돈을 놀리고 있는 친구나 동료에게 던지는 바로 그 말이다.

사람들은 자신의 미온적인 노력에 대한 변명으로 이렇게 말한다.

"작가나 작곡가나 화가, 혹은 경영자나 사업가가 될 그릇이었다는 걸 알았다면 어떤 노력도 아끼지 않았을 것이다. 몇 년이 걸리든 성공이 확실하다면 그런 건 아무래도 좋으니까."

그렇다면 어떻게 그런 것을 알 수 있는가? 그런 그릇이 아니라고 단정할 수 있는 이유가 무엇인가?

능력을 시험해 보지도 않았는데 자신의 능력을 단정할 수는 없다. 생각지도 못했던 능력이 잠들어 있을 수도 있다. 남의 비범함만을 부러워하며 소중한 시간을 낭비해서는 아무것도 할 수 없다. 그보다는 자기 자신의 봉인을 풀고 어떤 능력이 있는지 확인하고 그것을 밖으로 꺼내 꽃피우는 것이 어떻겠는가?

당신에게 닥친 역경이 자기 발견의 도움이 된다

인생의 출발점에서 대부분 사람은 자신에게 어떤 장점이 있는지를 모르고 있다. 지금의 교육 시스템으로는 우리가 자신의 가능성을 발견하는 것은 무리이며 표면적인 부분밖에 볼 수 없는 것이 보통이다. 마음 깊은 곳을 아는 방법을 배우지 못한 채 환경도 정리되지 않았다면 본연의 자세를 찾으려 해도 찾을 수 없다.

한마디로 자기 발견이라고 하지만 그 방법은 여러 가지다. 대부분은 곤란, 절망, 실패, 중압감과 싸움으로써 자아를 자각한다. 장애를 극복하려고 하면서 커다란 자신을 발견하는 것이다.

대부분의 경우 위대한 가능성은 마음속 깊은 곳에 잠재되어 있으므로 인생의 위기와 국가적 큰일과 같은 충격적인 일이 일어나지 않으면 끌어낼 수 없다. 일상적 사건이나 쉬운 성공만으로는 불가능하다. 마음 깊은 곳을 뒤흔들어 지금까지 지탱하고 있던 기둥을 와해시킬 정도의 사건이 일어나 남은 희망은 내적 창조력뿐이라는 심경에 몰리지 않으면 안 된다. 그렇다고 한다면 초토화된 미래와 와해한 것처럼 보였던 희망 속에서 본래의 가능성은 확연하게 드러나게 될 것이다.

뭉개져야 비로소 최고의 향을 내고 유익한 특성을 보여주는 식물과 마찬가지로 누구나 자기의 내면에서 최고의 것을 끌어내기 위해서는 무언가 큰 역경을 겪지 않는다면 불가능하다.

내면에 잠재한 풍성한 원천을 깨닫지 못한 채 반평생을 살던 어느 날 갑자기 불행이 닥쳐와 재능이 넘치는 자아가 얼굴을 내밀기 시작한다. 그것은 우리와 자신을 잘 알고 있는 사람들이 꿈조차 꾸지 못했던 재능이다.

오랫동안 밑바닥 생활을 보내며 '미꾸라지' '도움이 되지 않는 인간' 취급을 받던 사람이 마법의 지팡이 덕분인지 어느 날 갑자기 변신한 경우는 역사 속에서도 쉽게 찾아볼 수 있는 이야기다.

예를 들어 제18대 미국 대통령이 된 율리시스. S. 그랜트는 40살쯤에는 주변 사람들밖에 알지 못하던 평범한 사람으로 특별한 재능을 보이지 못했다. 그랬던 그에게 특별한 무언가가 있다고는 아무도 상상하지 못했고 당사자조차 꿈도 꾸지 못했다. 39년을 살아오는 동안에 미국 대통령이 되기는커녕 육군 지휘자가 된다고만 하더라도 그랜트를 아는 주변 사람들은 틀림없이 비웃었을 것이다.

미국 육군사관학교에서 39명 중에 21번째로 졸업을 했다. 육군에서 제대한 뒤에는 부동산업, 가죽 장사, 공장 종업원 등의 직장을 전전하였지만, 자신에게 맞는 일을 찾지 못했다.

마침 그때 나라가 붕괴할 수도 있는 전쟁의 발발이라는 일대 위기가 찾아오면서 자아에 눈을 뜨고 세상에 그 재능을 펼칠 수 있게 된 것이다.

잠들어 있는 사자를 깨워라

불과 며칠 전의 일이다. 밤에 태엽을 감아둔 시계가 다음 날 아침 멈춰져 있었다. 바늘 위치는 전날 밤 그대로였다. 이곳저곳을 만져 봐도 꿈쩍도 하지 않았다. 세게 흔들자 다시 바늘이 움직였고 다음 날 밤에 태엽을 감아줄 때까지 멈추지 않았다.

시계가 그 사명을 다할 힘이 충분히 남아 있었기 때문에 다시 움직이도록 흔들어주기만 하면 되는 것이다.

사람의 경우에도 마찬가지다. 내적 위대함을 충분히 발휘하지 못하고 있다고 느껴진다면 마음속 깊은 곳에 잠들어 있는 사자를 흔들어 사자의 포효가 들리는 곳에 몸을 두면 된다. 그러기 위해서는 마음의 벽을 흔들어 열고, 새로운 힘을 방출하고, 그런 경험을 최대한 많이 쌓으면 좋다.

한 여성은 빵을 제대로 굽지 못한 것에 대해 남편에게 이렇게 설명

했다.

"이전과 똑같은 재료를 사용했지만, 이스트가 부족해서 제대로 부풀어 오르지 않았어요."

내면에 위대한 무언가를 품고 있으면서도 방치하는 우리에게는 이 '이스트'가 부족한 것이다. 부풀게 해줄 수 있는 것, 자극해 주는 것이 부족하여 노력하여 최고의 능력을 얻고 꽃을 피우겠다는 마음이 들지 않는 것이다.

세계에서 위업을 달성한 사람들이 각자 자기 발견을 하게 된 동기를 말해주며 야망을 자극해준 것(사건, 환경, 책, 강연, 설교, 조언, 대참사, 실패, 위기, 긴급 상황, 불행, 패배 등), 다시 말해 자신이 가능성을 발견하고 생각지도 못했던 능력을 자각하는 계기가 된 사람이나 대상에 관해 이야기해준다면 우리에게 그 이상 큰 도움을 주는 것은 없을 것이다.

감동적인 책만큼 자기 발견의 수단으로서 유효한 것은 없으며 그러한 책을 좌우명의 책으로 삼는 것을 추천한다.

음악을 좋아한다면 아름다운 노래를 듣거나 오페라를 관람하여 내면의 무언가, 지금까지 마음 깊은 곳에 잠재되어 있으면서도 상상조차 하지 못했던 무언가가 퍼져나가는 것을 느끼게 된다.

훌륭한 무대 또한 마찬가지로 감각을 자극하는 경우가 있다. 우리는 극장을 나서면서 마음속에서 무언가가 확실하게 확대되고 그것을 계기로 잠재능력이 꽃피우는 것을 실감한다.

명연설을 듣는 것도 하나의 방법이다. 심금을 울리게 되어 내면의 힘을 깨닫고 활용하는 것에 전혀 관심이 없었던 대부분 사람이 좋은 연설을 들으며 새로운 감정과 의지력을 자각하는 경우도 적지 않다. 인상적인 설교나 강연을 듣고 새로운 세계가 펼쳐지면서 그런 기회조차 없었다면 평생 캄캄한 어둠 속 같았던 마음의 영역을 살짝 들여다본 경험은 누구에게나 한두 번쯤은 있지 않았을까?

사람은 모두 성장 도중에 있으며 아직까지 자신의 내면 깊은 곳에 잠들어 있는 무한한 가능성에 대해 모르고 있다. 이러한 가능성을 밝히고 잠재능력을 발휘하는 것, 그것을 인간 개개인이 최대 목표로 삼아야할 것이다.

저 유명한 아폴론 신전의 입구 위에 새겨진 문자가 그리스 현인들의 가장 현명한 가르침을 주고 있다. '너 자신을 알라.'

'자기 자신을 알고 자신의 힘을 깨닫자.' 이것이야말로 이 세상에서 우리의 중요한 임무일 것이다.

두려운 없이 시작하는 인생

2016년 3월 10일 1판 01쇄 인쇄
2016년 3월 15일 1판 01쇄 발행

저 자 | 오리슨 S. 마든
옮긴이 | 김연희
펴낸이 | 김정재
사 진 | 김정재
펴낸곳 | 뜻이있는사람들

등록번호 | 제 410-304 호
주소 | 경기도 고양시 일산서구 대산로 215 연세프라자 303호
전화 | 031-914-6147
팩스 | 031-914-6148
e-mail | naraeyearim@naver.com

ISBN 978-89-90629-31-9 03810